わたしの名店

おいしい一皿に会いにいく

[illegible]をん、西加奈子ほか

ポプラ文庫

1章

日常を彩る　おいしいごはん

2章

ほっと一息 お酒とつまみとごはん

3章　心が弾む　スイーツとカフェ

4章

心に残る 特別なごはん

Chapter 1

1章

日常を彩る
おいしいごはん

ご近所に灯る幸せの光

三浦しをん

車が通れない細い道の途中に、そのお店はある。あたりが薄暗くなってきたころ、道に面した窓からあたたかい光がこぼれる。

今日は席あいてるかなと、通りがかりにちらっとなかを覗《のぞ》く。まず目が合うのが、巨大なピンクの牛だ。店内の壁に掛かった布に描かれている牛なのだが、なんとも間の抜けた表情をしており、見るたびに「むふふ」と笑ってしまう。

お店の雰囲気を牛が象徴していると思う。内装も料理も洒落《しゃれ》ているけれど、客に緊張を強いる感じはまったくない。「外食するぞ」という日常のなかのイベントを満喫しつつも、親しいひとと、あるいは一人で、肩肘《かたひじ》張らずにおいしい食事の時間を楽しめる。とても居心地のいいお店なのだ。

そのため、特に週末は家族づれや友だち同士など、近隣のひとたちでにぎわっていることが多い。こぢんまりとしたお店なので、来店日を心に決めているのなら、念のため予約をしたほうがいいかもしれない。

でも、窓から店内を覗いて、席があいていたらフラッと立ち寄るのも乙《おつ》なものだ。私は競馬で負けたときや、見た映画の余韻を噛《か》みしめたいときなど、ピンクの牛に導かれるように、気づくと店に吸いこまれている。一人でも気兼ねなく入れるのが、またいいところなのだ。

お店はご夫婦で切り盛りしており、旦那さんが調理担当、奥さんが接客と飲み物担当だ。ここに至るまで言い忘れていたがイタリア料理店で、とにかくなにを食べてもおいしいし、料理に合うお手ごろ価格のワインも取りそろえられている。一皿の量も調整してくれるので、ぜひいろいろな品を味わっていただきたい。

トマトやイチゴなど、旬の食材を使ったサラダは盛りつけもとてもきれいだし、羊のポルペッティーネ（羊の肉団子の煮込みで、チーズと半熟卵が載っている）は熱々かつ奥深きうまみが口のなかで爆発だし、ホワイトアスパラガスのバッサーノ風はアスパラの甘みとゆで卵をつぶしてアンチョビとケッパーを合わせたソースがたまらん交響曲を奏でておるし（おいしさで言語中枢がやられ、だんだんなにを言ってるのかわからなくなってきた）、トマトカルボナーラパスタは自宅でも再現したいと何度も挑戦してみたのだが、むろん私ごときでは到達できぬ味わい！　あ、パテもデザートも絶品です。メニューに載ってるもの全部がおいしいから、おすすめを書ききれないよ……！

この調子で、一人で行ってもあれこれ注文してしまうので、いつも食べ過ぎる。でも、胃もたれや胸焼けが起きたことは一回もない。

私がこのお店の料理に対して感じるのは、「清廉《せいれん》」だ。

私は酒飲みなので、外食時には特に、味にメリハリがあるものを好む。

「体にいい料理」とか、正直言ってお呼びじゃないと思っている。このお店の料理も決して薄味ではなく、ビールやワインが程よくすすむ。

だが、喉《のど》が異様に渇くとか胃に負担がかかるといったことはまったくない。たしかな腕をさりげなく振るうことで、舌を喜ばせつつ胃にも肝臓にも優しい料理を実現しているのだと推測する。見た目も味も遊び心がありながら、根が非常にまっとうなんだなと感じさせる料理。それゆえ、「清廉」という言葉が思い浮かぶのだろう。かといって全然気取っておらず、近隣住民の日常に彩《いろど》りを添えてくれる小さなお店であるのがまた、清廉なのだ。

お店をやっているご夫婦も、提供する料理やワインを体現するがごとく気さくで感じがいい。忙しい調理や接客の合間に、「また競馬で負けた」という愚痴《ぐち》に耳を傾け、笑い飛ばしてくれたり、こちらが雑誌や文庫を読んでいると放っておいてくれたりと、距離感の塩梅《あんばい》が絶妙だ。

コロナ禍で飲食店が営業自粛をせざるを得なかったとき、私の母は「もう辛抱できない！　あのお店の『牛ホホ肉のベルギービール煮込み』を食べたい！」と何度か暴れだした。ありがたいことにテイクアウトはやっていたので、そのつど買いに走って、母にはお鎮《しず》まりいただいた。下戸《げこ》かつ高齢の母の舌をも虜《とりこ》にする料理なのである。

一人でも、だれかと一緒でも、安心しておいしい食事を楽しめる。おなかだけでなく心も満たされる。細い道にあたたかい光を投げかけるそのお店に、私は今夜も吸いこまれる。

三浦しをん（みうら・しをん）………1976年、東京都生まれ。2000年『格闘する者に○』でデビュー。06年『まほろ駅前多田便利軒』で直木賞、12年『舟を編む』で本屋大賞、15年『あの家に暮らす四人の女』で織田作之助賞、19年『のののはな通信』で島清恋愛文学賞及び河合隼雄物語賞、『愛なき世界』で日本植物学会賞特別賞を受賞。ほか著書に『風が強く吹いている』『神去なあなあ日常』『墨のゆらめき』など多数ある。

『HO』
東京都世田谷区南烏山6-29-2
第3イズミコーポ 1F

なんかもう好き

西加奈子

物件を見て回るのが好きな人は多いのではないだろうか。自分が住む家はもちろん、友人の引越し先を嬉々として一緒に巡るタイプ。それは私で、今まで見た部屋は数知れない。

物件を回るとき、あらかじめ不動産屋に条件を伝えておくのが常だ。だから巡るのは、条件にかなう物件のはずで、でもなかなか決まらないのもデフォルト。コンセントの数が、とか、ベランダの大きさが、とか、より細かな条件が浮上してくるのもあるある、でも、結局は相性よな、と思う。現に私が買ったマンションは、築年数も場所も駅からの距離も条件からは大きく外れていた。「一応見ておきますか」って感じで行ったその部屋を、私は一目で気に入ってあっという間に購入に至った。理由は「なんかもう好き」だったからだ。

物件選びは恋人選びにたとえられる。あらゆる条件をクリアしていても、「なんか好きになれない」人はいるし、逆に条件なんてすっ飛ばして「なんかもう好き！」になる人もいる。相性、という目に見えなくて漠然としたものに、私たちはコントロールされていて、目に見えなくて漠然としているからこそ、自分勝手に信じられる。

そこで、「虎子食堂」である。

そのお店は渋谷にある。東急ハンズを越えると、二階にあるその店の窓が、もう見えてくる。それだけで、「なんかもう好き」、そう思っている。例えば条件を挙げてゆこう。私にとってこの店は少し広すぎるし、その割にカウンターが狭すぎる。駅からの距離もあるし、二階にある店より一階の方が好きだ。それでも、なんかもう好きなのだ。店の真ん中にドンと生えてる木、壁中に貼られた絵やフライヤーやポスター、カウンターのそこかしこに置かれた愛嬌のある置物（そしてそれらがさらにカウンターを狭くしているという有様）。

メニューは少し変わっている。例えばカリビアンチキンカレー。ジャマイカの名物料理であるジャークチキンが載ったこのカレー、口内に広がるスパイスの香りはさもありなん、でもどこか和のテイストも感じられて、何よりイケてるのが食事としてはもちろん、酒のアテにもいいことだ。カリビアン、を直訳するとカリブ風、になるだろうが、メニューにはこの「風」が他にもある。キューバ風冷製ローストポーク、魚介のブラジル風ココナッツスープ、エビとタコの南米風マリネ。この「風」は、もはや「虎子風」の「風」であると思う。先ほどの和を感じるカリビアンカレーしかり、メニューにある全てが、カリビアン料理屋（があったとして）でもブラジル料理屋でもキューバ料理屋でもお目にかかれない。かと言って「日本人に合わせた」わけでもなく、ただもう店主が「こうしたらきっと美味《おい》しい」だけを足がかりに、究極に突き詰めた結果の名作たちなのだった。スパイスの入っていないものが食べたい人に枝豆の浅漬けなんてメニューがあるのもいいし、ノンアルコールメニューが充実しているのも嬉しい。現に私は、妊娠中ここで長い時間を過ごした。

そう、いつも長くなるのだった。ちょっとご飯でも、とか、ちょっとお茶飲んで行こ、というときでも、結果長居してしまう（飲み会の前に立ち寄ってお茶を飲み、結果飲み会の後にまたなだれ込んだこともある）。それはひとえに、店主である「やっさん」のせいだ。彼女は私の親友だ（「なんだ、親友の店だから好きなんじゃん」と思った方、物事はそんなに単純ではない。大好きな人が作ったものをイコール好きになるだろうか？　思い出してみてほしい。恋人が作った曲とか？）。

やっさんはいつも笑っている。悲しいことがあった日、どれだけ苦しくたって、どれだけ泣いていたって、やっさんと話をしていると、最後にはいつも笑っている。辞書の「笑う」のページに載っていそうなやっさんのその笑顔に救われた人間は、私だけではない。狭いカウンターは、いつも取合いだ（だからカウンターを広くして欲しいのだ！）。

そういえばやっさんがこの物件に一目惚れしたとき、まだ区からの融資が下りていない状態だった。もし下りなかったら開業はパー、ウン百万の補償金も返ってこないという状況だった。でもやっさんは契約した。

「もしウン百万ドブに捨てたら、そのネタで一生飲めるやろ？」

そう言って、のどちんこまで見せて笑う人。なんかもう好きでしょ？

西加奈子（にし・かなこ）………1977年、イランのテヘラン生まれ。エジプトのカイロ、大阪で育つ。2004年に『あおい』でデビュー。2007年に『通天閣』で織田作之助賞、13年に『ふくわらい』で河合隼雄物語賞、15年に『サラバ！』で直木賞を受賞。ほか著書に『さくら』『円卓』『漁港の肉子ちゃん』『i』『夜が明ける』『くもをさがす』など多数ある。

『虎子食堂』
東京都渋谷区宇田川町10-1
パークビル2F

落ち込んだ心を温めてくれた蕎麦

中江有里

デビューから十年近く在籍した事務所を退社し、まもなく引っ越しをした。上京以来、事務所から近い代々木近辺で暮らしていた。これからはどこで暮らすのも自由だ。これまでと環境を変えよう、と友人、知人に訊いた結果、世田谷区三軒茶屋が候補にあがった。早速いくつかの部屋の内見をした。

そうして決めた新居は駅からも近い日当たりのよいマンションの一室。前の部屋より少し狭いが、歩いて数分のところに大型スーパーが四店舗もある。ファーストフード店にコーヒーショップ、その他飲食店は数知れず。これなら作るのも食べるのも困らない。理想的な環境に恵まれた新生活だが心は晴れなかった。

応援してくれていた人たちが事務所を辞めた途端に波が引くように去ったのが理由だ。

あぁそういうものなのか。残念だけど見限られた、そう納得するしかなかった。落ち込んで、引っ越しを知らせた数少ない友人たちにすら会う気力が出ず、荷解《にほど》きができていない部屋に引きこもっていた。

遅く目覚めた朝、喉に違和感を覚えた。顔も熱い。体温を測る前に発熱を自覚した。

具合が悪い時は心細い。多くの人や店がひしめき合っている東京にいるのに、頼れる人がいない現実がのしかかる。重い体を引きずるようにして病院を探した。

三軒茶屋と下北沢を結ぶ茶沢通り沿いの細長いビルの中に耳鼻咽喉科を見つけ、長い待ち時間の末に診察を受けて薬を処方してもらったら、すでに昼を過ぎていた。

茶沢通り沿いに飲食店は多く並んでいる。薬を飲むには何か食べておいた方がいい。引っ越してから初めて入ったのは蕎麦屋だった。

店内は小さくジャズが流れている。ランチの客は引けたのか客は少ない。具の少ない蕎麦を頼む。

子どもの頃熱を出すと、いつも母は生姜のすりおろしを入れた温かいあんかけうどんを作ってくれた。病気の時は温かい麺類が効くはず。まもなく蕎麦が届いた。

熱のせいか、仕事の予定が全然ないからか、せっかくの新居に呼ぶ友だちもいないからか、蕎麦をすすりながらちょっと泣きそうになった。温かい汁は子どもの頃を思い出す。心にも体にも沁みる味だった。

それから蕎麦屋「たけや」へ足を運ぶ日が増えた。店は男性が厨房で調理、女性が配膳を担当している。雰囲気からおそらくご夫婦だろう。実家の母はひとりで喫茶店を営んでいたので家族経営の飲食店には親近感を覚える。

よく食べるのはカレーせいろ。豚肉とネギが入った温かいカレーの汁に冷たい蕎麦をつけて食べる。最後に残ったカレー汁を蕎麦湯で割ると、カレースープとして楽しめる。

日によっては鴨せいろ、天せいろも食べたが、カレーせいろが断トツに好きだ。店の近くには劇場があり、観劇に来た友人、知人を蕎麦屋へ誘い、カレーせいろをすすめた。

二年ほどで別のところへ引っ越した。それからも三軒茶屋付近へ行くと必ず立ち寄る。その後店は同じ町内で移転したが、いつもの女性が迎えてくれるのは変わらない。「通う」といえるほどではないが、心の中で「行きつけ」と呼んでいる。

ところで移転する前に遡るが、しばらく店を閉じていた時期があった。このまま閉店してしまうのだろうか、と心配していたら不定期にだが開くようになった。久々に訪ねたら厨房で調理をしていたのは配膳係の女性だった。詳しい事情はわからない。再びカレーせいろが食べられるようになったのを喜んだ。

個人経営の店は大海に漕ぎ出した小舟のように不安定なものだ。数年前、母は病気が発覚し、三十年近く経営していた喫茶店を閉じた。同じ場所には新しい経営者が飲食店を開いている。こうして様々な飲食店が開店し、閉じていく。流れは止まらない。諸行無常《しょぎょうむじょう》である。

だから個人経営の店が長く続いているのは大げさに言えば奇跡で、同時代に通えることは何かの縁に導かれたのも同然。

母が上京した際、蕎麦屋へ連れて行ったことがあった。普段はうどんばかり食べているが、ここの蕎麦は気に入ってくれた。私自身、蕎麦の味に目覚めたのはたぶんこの店だった。

ひとりで静かに味わえる。変に気負わないでいられるのもいい。食べ終われば長居せずに店を出る。そんな私だけの「行きつけ」だ。

中江有里(なかえ・ゆり)………女優・作家・歌手。1973年生まれ。89年にデビューして以来、多数の映画やドラマに出演。著書に『残りものには、過去がある』『トランスファー』『万葉と沙羅』『水の月』など多数ある。

『たけや』
東京都世田谷区太子堂4-26-7
M&Rハウゼシノザキ1階

幸福の鴨ロースト

美村里江

今回は私の知る限り、「最もうっとりした一皿」をご紹介したい。華やかで、少しスパイシーで、キラキラとした幸福感が染み入るような、そんな一品である。初めてこれを食べた日、夫と私は食後優に30分は、恍惚《こうこつ》としたのだった。

そのフレンチレストラン初入店のきっかけは、近くの整体に夫婦で通っていたからだ。何度か店前《みせさき》を通った際の観察から、その雰囲気に私の「美味しい店アンテナ」が反応していた。

人の感情を再現する役者の仕事柄か、私は店内での食事中の様子や、食後店外へ出たお客様の表情を拝見すると、そこが美味しいかどうか大体推し量ることができる。どのくらい幸福感が出ているか観察するのだ。お客様から安心感と笑顔が溢れている店は、ほぼ間違いない。

「ここはきっと美味しいよ」という私の主張に、夫も「よし入ろう」と二つ返事だった（医学者として偶然は信じないが、私の美味しい店アンテナはそのレベルを超えていると交際数ヶ月で認めて以来、私を信頼している）。そして晩秋の枯葉舞い踊る日、我々夫婦は初入店した。

20名ほど入ればいっぱいの店内で、カウンターに囲まれ磨き上げられたキッチン。ご夫婦二人で切り盛りしているらしい。居心地のよい空間で、ワクワクしながらメニューを拝見。スープと前菜盛り合わせ、メイン料理、デザートと飲み物のコースを注文。私は仔羊のローストで、夫は〈フランス産メス鴨胸肉のロースト　生姜とハチミツのソース〉を選んだ。

「鴨って好きだっけ？」「ううん、あまり食べたことがないからさ」「そうね。私の仔羊も家では食べないから」と会話しながら待つ。

運ばれてきた前菜の盛り合わせは、どの品も丁寧な味でスープも美味しく、目測が当たり二人で喜んでいた。しかし、メイン料理を一口食べてから夫の様子に異変が……。「うん、うん」と無心に鴨を口に運び、目を輝かせている。そしておもむろに、付け合わせのグリル野菜たちを丁寧に並べ出した。

これは夫の習性で、素晴らしく美味しい！　と思っている時に、目の前の料理を整理整頓し始める。定食ならお膳の配置を並べ直し、麺物は丼の中の具を選り分け、洋食も付け合わせを整列させる。私の作った料理でやった時は、「一体何をしているのか」と訝《いぶか》しんだが、美味しいものをじっくり味わうための儀式らしい。しかし、もともと綺麗に並べられた野菜たちをもう一度横並びにするとは。相当好みの味だったんだなと見つめていると「食べてごらん。これは里江も好きなはずだよ」とニッコリ。

かくしてお皿を交換して数秒後、私の体はゆっくりと横に揺れた。恥ずかしながら、大変美味しいものを食べ、その喜びが咀嚼だけで収まらなくなった時、私は無自覚に横揺れしてしまうのだ。その後は、「この甘みが深くていいね！」「生姜とハチミツ以外のいい香り……なんだろうね」「焼き加減がまた」「いや羊も美味しいけれどこの鴨は凄い」と、絶賛大会になった。

その後、比喩ではなく毎週鴨を食べていた。入店前に「今日は別の料理にしようかな」と話していても、席に座ると魔法でもかかっているかのように、毎回注文し続けた。夫と私で3皿完食したことがあることも白状しておこう。

ところが数ヶ月前、整体の先生が別の場所に移転されたため気軽に通えなくなってしまった。家から歩ける距離ではなく、電車でもバスでも乗り継ぎが必要。仕事の繁忙期も手伝って久しく伺っていない。……と、こうして書いていてたまらなくなり、急遽食べに行ってきた。

久々にお目にかかった鴨は、相変わらず美しいバラ色の切り口で、皮の焼き目が香ばしく縁取っていた。添えられた野菜たちの季節ごとのバリエーションも楽しい。何より琥珀《こはく》のような輝きを放つ、この幸福ソースよ！　一口ごとに深呼吸し、幸せの香りと鴨の美味しさを、体に染み渡らせる。年末だったこともあり、一年重ねた月日の、ご褒美のような夜になった。

他のおすすめは、寒い季節だけ注文できる〈オニオングラタンスープ〉。焦げたチーズの表層にスプーンを立てれば、マグマのように熱々の飴色玉ねぎが顔を出す。その間の、旨味スープを吸ったふわとろのパンと言ったら……。蛤《はまぐり》に似たホンビノス貝で供される、〈貝のブルゴーニュバター焼き〉は前菜のイチ押し。パンを追加注文して、殻底のエキスまで拭いたくなるシンプルで強い旨味の一品（冬季は牡蠣）。

メインには是非とも鴨をどうぞ。ゆっくりと食事できる日に、心から寛げる誰かと、うっとりしたひとときをご堪能下さい。

美村里江（みむら・りえ）……1984年生まれ。俳優。読書家・文筆家としても知られ、著書に『ミムラの絵本日和』『ミムラの絵本散歩』『文集』などがある。2018年、ミムラから改名。

『プティ・コトン』
東京都杉並区永福4-19-12
鳳ビル 1F
＊鴨ローストのソースは季節により変わります

私の東京、その中心

宇垣美里

私の東京の中心は、赤坂にある。

神戸で生まれ育ち、京都の大学に通っていた私にとって、はっきり言って東京は魔都。複雑に入り組んだ地下鉄やぐねぐねと曲がった道に何度となく騙され、泣いたことは数知れず。どうして碁盤の目状に街を作らなかったのか、たいした山があるわけでもないのにどうして坂道が多いのか、ていうか東京広くない？　と、迷子になるたびに呪詛《じゅそ》の言葉を吐き、そのことに疲れ果てた結果、自分の住んでいる街と勤め先のある赤坂の往復に徹するようになった。

　とはいえ赤坂はあくまで仕事場。ちんたらしていて誰かに捕まっても面倒だと、仕事が終わればすぐさま帰路についていたので、本当に赤坂の周りをソワソワせずに楽しめるようになったのは会社を辞めてからだ。

　辞めた今でも毎週仕事で赤坂に行く。ふらりと日枝《ひえ》神社にお参りにいったり、スタバでフラペチーノを飲みながら街をぼんやり眺めたり。根無し草になってみると、赤坂ほど居心地の良い場所はなかった。オフィス街だからかみんな忙しそうにバタバタしていて、どこか一生懸命で。大通りを一本中に入ると途端に静かになるのもいい。目的もなくぷらぷら散歩していても、周囲の目が気にならない。みんなそれどころじゃないもの。東京はひとりぼっちに優しい。

　ひとり散歩の終着地点はだいたい「東京赤坂やぶそば」。中途半端な時間に行くことが多いからか、ひとり客が多くて落ち着いた雰囲気。店内に足を踏み入れるとふわりと漂ってくる出汁《だし》の香りが温かくて、それだけでほぅっと体が緩んでいくのを感じる。メニューと一緒に届けてくれるそば茶の香ばしさで食欲スイッチオン！　よおし、何を食べようか。

薬味がたっぷり載ったご内緒そば膳や、小エビのかき揚げがついた天せいろう、鴨なんばん、山かけそば、かき玉あんかけうどん……王道メニューは何だって美味《おい》しくてどれも選べないくらい大好き。なのに、ついつい手が伸びるのは期間限定メニューなんだよなあ。私は、限定と名の付くものにめちゃくちゃ弱いのだ。

季節にちなんだ旬のものを食べるとこんなに心満たされるだなんて、子どものころは分かっていなかった。いつだってこれ、と決めたら同じ物ばかりを選ぶ頑固な子であったはずなのに、大人になった今はむしろ、季節はもちろん天気や気分にぴったりの一品を選ぶべく注文の直前まで悩む始末。さらには期間限定のアレが食べたいから、と季節の移ろいを心待ちにしているところすらある。

なかでも一番好きな期間限定メニューは冬の鍋焼きうどん。ああ、どうかすぐにでも何かで調べてそのビジュアルを見て欲しい。15種類の具材が土鍋にぎゅぎゅっと詰め込まれていて、まるで宝の山！　見ているだけで多幸感が押し寄せてくる。注文してだいたい15分くらいで届いた鍋はぐつぐつと煮えたぎっていて、むわんと漂う湯気の美味しいことといったら。大きく深呼吸して肺の奥までたっぷり出汁の香りをいきわたらせたら、いただきます！

　まずはれんげで汁をひとすくい。関東風の濃い味付けに具材の出汁が溶けだしていて、冷えた体に沁み渡る。うどんは太めでもっちもち。たっぷり汁を吸ってふわっふわになっている海老天の衣を口に含めば、ほろろ、ほろろと崩れていくのがちょっと寂しい。なんで食べたらなくなっちゃうんだろう。ちょっと甘くて、ただただ優しい衣だったのに。杵《きね》つきの餅はごま油で揚げてあるから外カリ中もち。餅に添えられた柚子がしっかり仕事をしていて、嚙めば嚙むほど口内に香りが広がるのが、なんだかとっても雅《みやび》やか。他にも合鴨つくねに鶏肉、かまぼこ、もみじ麩、三つ葉、しいたけ、しめじ、えのき、筍、白ネギ、いんげん、かぼちゃ……え、鍋じゃん！

そう、この鍋焼きうどんはもはや鍋。食べているうちに実家のちゃぶ台にワープしたようで、「おかあさーん！　おかわりー！」なんて言い出しかねない居心地の良さに、心がすっかり緩んでなんだかほっこり。実家にちゃぶ台なんてないけどさ。

食べ終わるころには背中が少し汗ばむほどに体がポカポカで、むくむくパワーが湧いてくる。シメの甘味、柚子風味のそばようかんは甘すぎず、重すぎず、ほてった口内をそっと癒してくれる。完全に整ったり。

お会計して店を出ると「ありがとーぞんじます！」と店員さんの気持ちいいのびやかな声がそっと背中を押してくれる。よし、これからいっちょ働いてきますか！　多分、来週また来るよ。その時まで、さよなら。

宇垣美里（うがき・みさと）……1991年、兵庫県生まれ。2019年にTBSを退社し、現在はフリーアナウンサーとして、テレビ、ラジオ、雑誌のほか、俳優業や執筆活動も行う。著書に『風をたべる』『愛しのショコラ』『今日もマンガを読んでいる』などがある。

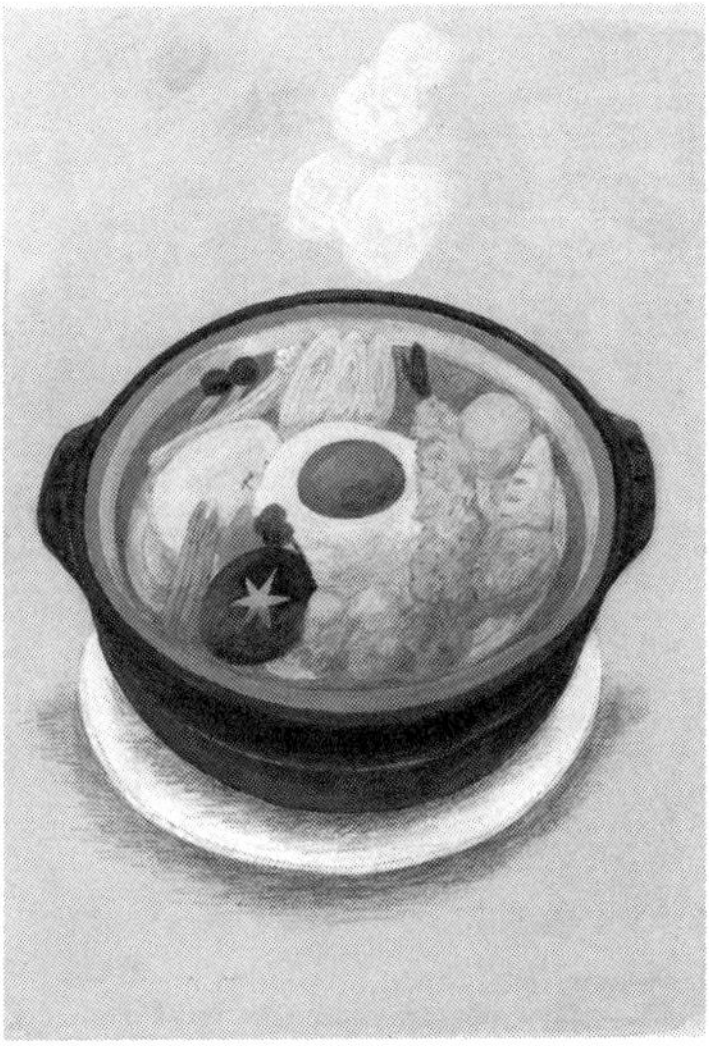

『東京赤坂やぶそば』
東京都港区赤坂5-3-1
赤坂サカス内 赤坂Bizタワー 2F

神楽坂《かぐらざか》のトマトたまごめん

清水由美

女は地図が読めない、と申します。失敬な話です。ではあるのだけれども、私は女で、そして地図が読めない。

といっても、方向音痴ではないのですよ。東日本大震災のあの日、すべての電車が止まった東京都心を、東の神田《かんだ》から西の高田馬場《たかだのばば》まで、心細く沈みゆく春彼岸前の夕日を頼りに歩き通しました。方向音痴ではないのです。

ゆえに、街角で親切なお人に地図で道を教えてもらうときは、必ず最後に腕を上げ、指をさして確認します。

「つまりおおよそこっち方向ですね？」

で、ここからが本題なのだけれども、毎週金曜、市ケ谷《いちがや》という町で授業を終えると、「おおよそこっち」と見定めた方向に、私は歩き出す。目指すは神楽坂。そこまで、地下鉄の駅一つ半くらいの距離を歩く。

自分が学生だったときには思いもよらなかったことですが、教師というのは案外傷つきやすい生き物です。ことあるごとに（すなわちほぼ毎週）心の傷をいやす必要が生じる。そんなとき、おいしいお店がいっぱいの神楽坂という町はまことによろしいのであります。

神楽坂までは二十分から小一時間かかります。二十分と一時間ではずいぶん違うようだけれども、それはそのときどきの経路が出たとこ勝負だからです。市ケ谷—神楽坂間の街路は、「碁盤の目」を右利きの人が左手で、しかも目隠しをして書いたような具合になっている。早い話が、ぐにゃぐにゃ。先週歩いたあの道はよかったな、と思っても、地図の読めない女が再び同じルートをたどれる確率は低い。

結果、毎度うねくねと新鮮な道を行くことになるのだけれど、それがたのしい。神楽坂界隈には、花街《かがい》がある、インターナショナルスクールがある、そして職と住がいい感じに混じりあっている。だから、心の傷をなめながらさまよう路上で、じつに多彩な人たちとすれ違います。小粋な着物姿の姐さん、フランス語でキャイキャイじゃれ合う柔道着をかついだ少年たち、後ろに乗せた子と尻取りをしながら電動自転車をこぐ若いお父さん。

そのうちだんだん気分が上向いてくる。うつむいていた顔を上げ、軽くこぶしを握る。

よし、何かおいしいもん食べて帰ろ。

で、私の「わたしの名店」は、この神楽坂が馬の背だとすれば、そこから脇腹に沿って谷底に落ち込む細い枝坂の途中に位置します。

細い坂道の中ほどにたたずむ店。

よござんしょ？　それだけで、何やらおしゃれでしょ？

あいにく龍朋《りゅうほう》はおしゃれとはほど遠い、いうところの「町中華」です。床は少々油じみたリノリウム。壁にはびらびらと黄色いメニュー札。そうして、味はごく普通。ごくフツーに、おいしい。この「フツーにおいしい」という表現は、まさにこのお店のためにある。お値段相応に、まじめに、誠実に、おいしいのだ。

私が頼むのは、トマトたまごめん。じつは数年前からふいにお肉が食べられなくなりましてな。しかし町の中華屋さんに来て肉っけのない料理を頼もうなんざそもそも無理があるわけでこのスープにも鶏ガラなんかがどっさり入っているはずだけれども今はそのあたりのことには目をつむってとにかく、トマトたまごめん。そして心の毒消しに、キリン一番搾り中瓶。ナマもおいしいけど、瓶ビールって、いいよねえ。

時刻は夕方六時ごろ、客足の絶えない愛され中華にも、まだ行列はない。行列というのは、並ぶのもいや、並ばれるのも気がせいて困るものですが、この時間ならだいじょうぶ。かつまた、ここは客のさばき方が絶妙で、無駄がない。たいてい満席なのに、相席を頼まれることもなく、といって四人掛けの席に一人ポツンと座らされて恐縮することもない。

かくて、食べるのがややとろくさい私でも、落ち着いてたのしむことができます。トマトの酸味と玉子の甘さをゆっくり愛で、ちょっとしょっぱいかなと感じるスープも、ビールに助けられながらほとんど飲み干します。

ただし、一つ不満がある。すでに十回は通っていると思うのだけれども、一度も窓際の席に座れたためしがないのである。せっかく「細い坂道の途中にあるすてきなお店」なのに！

今の私の野望は、龍朋の窓際の席に座る、です。夏ならば外はまだ明るい。買い物に急ぐ親子連れ、まだしごとがあるらしきワイシャツ姿の勤め人……。坂道をせわしなく上り下りする人々を眺めながらのビールはさぞかしうまかろう。次こそは！

清水由美（しみず・ゆみ）……1958年、岐阜県生まれ。日本語教師。千葉大学、法政大学ほかで非常勤講師。著書に『辞書のすきま すきまの言葉』『日本語びいき』『すばらしき日本語』がある。

『龍朋』
東京都新宿区矢来町123
第一矢来ビル B1

小鉢のポーカー

山田ルイ53世

〝常連〟という立ち位置がどうにも苦手である。

どれほど贔屓《ひいき》にしていても、予約の電話口や、店に入って大将と目が合った際、

「あー、山田さん!?　いつもありがとうございます!」

と愛想良く声を掛けられるようになってくるともうダメ。

恩返しがテーマの昔話で、

「のぞかないでね!」

と再三釘を刺したのに、襖《ふすま》の隙間にお爺さんの顔を見つけたときのツルの

心境だろうか。

いや、〝だろうか〟と言っても、筆者は事前にお願いしたわけでもないので、喩《たと》えとして正確さを欠くが、〝認識された！〟という居心地の悪さは似たようなもの。

いつしか店から足が遠のいてしまう。

本来、美徳とされるはずの〝人との触れ合い〟が引き金となり、途端に行き辛くなるのだから、正直生き辛い。

全ての元凶は極度の人見知り。フランクな人間関係を、むしろ負担に感じてしまうのだ。

そのくせ、なまじ芸人などやっているせいか、外面《そとづら》だけは異常に良く、

「この人、気さくだなー！」

との印象を相手に与える術には人一倍長けているのでややこしい。

まあ、お一人様でなければ、頻繁に出向く飯屋もいくつかある。

〝近所の〟小料理屋に〝近所の〟焼き鳥屋、〝近所の〟寿司屋……自宅周辺

をウロウロしているのは、一家揃っての外食でお世話になっている店だからだ。

ちなみに、家族を伴っている場合は、先述の常連云々の件もへっちゃら。先方との交流は妻と娘が引き受けてくれるので問題ない。

我ながら手に負えぬ性分。

しかし、かように厄介な男にも、数年に及ぶお得意さん扱いを耐え忍び、人生で唯一通い詰めた味があった。

かれこれ10年以上、お昼のラジオ番組のレギュラーのため、週に1度の甲府詣でを続ける筆者。

本番前の腹ごしらえは、山梨放送（ＹＢＳ）近くの蕎麦屋「生そば きり」と決めている。

少なくとも4、5年は、ほぼ毎週お邪魔しているので、〝行きつけ〟だと胸を張ってもお許しいただけるだろう。

地元民は勿論、観光客でも賑わう人気店。ランチメニュー、特に「焼き魚定食」が絶品で、完璧な火加減でローストされたサバと白飯に小鉢が2つ、そこに蕎麦がついてくる。

まだ脂がジュワジュワと音を立てている身をほぐし、米と一緒にかき込むのは最高。〆は冷たいザル蕎麦でサッパリと……日頃の不摂生《ふせっせい》がリセットされるような、爽やかな喉越しに感動する。

ただ、コチラとしては、黙って食べてササッと帰りたいのが本音。

ところが、最初に訪れてひと月も経たぬ内に、

「本読みましたよ！」

「ラジオ聴いてます！」

と従業員の方々から話し掛けられるようになり、気が付けば、

「これ、厨房からです！」

と小鉢のサービスが始まった。

しばらくの間は1つだったものが、ほどなく2つ、3つとエスカレート。

ポーカーのディーラーさながら、小鉢を配ってくれる。そもそも、筆者の手

札、もとい、注文済みの定食には小鉢が2つついているのだ。

もはや小鉢のロイヤルストレートフラッシュ。それだけでも異様な光景なのに、ときには、

「まかないで作ってみたんで!!」

とカレーライスを1皿ドンッと置かれることも。

隣の客が、

「何事か!?」

と目を白黒させるのも無理はない。

嬉しいし、有難いのだが、やはり申し訳なさと気まずさが勝つ。大体、定食＋カレーでは100キロ超えの体重を誇る筆者もさすがに〝腹パンパン〟だ。

この後の仕事に差し支えかねないなとの不安が頭を過《よぎ》るのだが、折角のご厚意を無下に断る勇気もありはしない。結局、ここでも悪い癖が出てしまい、

「え――!!　良いんですか？　うわっ、美味しいっっ!!」

とついつい大袈裟にリアクション……益々距離は縮まっていく。

極めつきは、いつも筆者が陣取るカウンターの端《はし》の席に、「Reserved」の札が置かれるようになったこと。

言うまでもなく、予約などしていない。いや、別に構《かま》わないが、急な用事でお伺い出来ぬときなどは、（今日も「Reserved」あるんだろうなー……）と罪悪感に押し潰されそうになる。

こうなると予約されているのは、どちらかといえば筆者の方。

とはいえ、接客もサービスも、店側には一切落ち度はない。何より、旨いのだ。

……とここまで書いてきてなんだが、実は1年近くご無沙汰している。随分長いこと「きり」の暖簾《のれん》をくぐっていない。

あれは昨年の夏だったか。「緊急事態宣言」が刹那《せつな》解かれ、待ってましたとばかりに人々が押し寄せたことがあった。

少し離れた物陰《ものかげ》から行列を窺《うかが》っていた筆者。久し振りの〝かきいれどき〟

に、（わざわざ俺の分の席を空けてもらうのも悪いなー……）と一度遠慮してしまうと、そこから顔を出しにくくなり、ズルズルと今に至っている。

筆者の「常連疲れ」は、客に寄り添った温かなもてなしの証。もう一度、名店の味を楽しみたい気持ちがないわけではないが、通えば通うほど、悲しい別れに近づいていくのが我が運命。

まあ、今更だし、考えても〝きり〟がない。

山田ルイ53世（やまだ・るいごじゅうさんせい）……お笑いコンビ・髭男爵のツッコミ担当。1975年、兵庫県生まれ。地元の名門・六甲学院中学校に進学するも、引きこもりになる。大検合格を経て、愛媛大学法文学部に入学・中退。99年、ひぐち君と髭男爵を結成。著書に『ヒキコモリ漂流記　完全版』『一発屋芸人列伝』『一発屋芸人の不本意な日常』『パパが貴族』などがある。

『生そば きり』
山梨県甲府市北口2-5-1

彼の焦がれた「あのガパオ」

塩谷舞

「あのガパオだ」

ある日、恋人からそんな連絡が入った。仕事のついでに寄った町でふらりと入ったタイ料理屋にて、ついに「あのガパオ」に出会ったと。

あのガパオとは何なのかというと、ずっと前に渋谷で食べたタイ料理屋のガパオのことらしい。それがあまりにも美味《おい》しくてガパオが大好きになったんだと。彼はその残像が忘れられず、よくふたりで知らない町のタイ料理屋に入ってはガパオを頼むも、毎度「ちょっとちがうな……」と不満そうにつぶやいていた。

そうした数々の「ちょっとちがう」を経て、数年ぶりに出会えたらしい「あのガパオ」。そんなら私も食べてみたいと、その日の夜にすぐ飯田橋のオールドタイランドというタイ料理屋に集合した。階段を上がり、店に入るなり鼻には香辛料が、耳には店員たちの元気なタイ語が雪崩れ込んでくる。

注文はもちろんガパオ。それに加えてどれにしようかと悩みつつ、プーニム・パット・ポンカリーとトム・ヤム・クンにヤム・アボカド。注文後、驚異のスピードでガパオたちが運ばれてきた。そして鶏のミンチとタイ米と目玉焼きをスプーンに載せて食べた途端、口のなかにムチムチ！　と旨さが広がる。「えっ、ガパオってここまで美味しくなるの？」と驚く私に「そうだよ、これがあのガパオだよ！」と満足顔の恋人。

このムチムチ感は、不揃いな大きさの鶏ミンチの為せる業《わざ》か。さらに甘辛い汁が沢山かかっていて、ライスがどんどんすすむ。辛いけど甘い、甘いけど辛い、辛いけど旨い！　しかしその辛さ故に一旦休んで、お飾りで添えられているキュウリをポリポリ。いや、これは飾りというよりも、必要不可欠なさわやかさをもたらしてくれるじゃないですか。この皿の上に無駄なものは一つとして載っていない。素晴らしき調和！　ガパオってこんなに完成度の高い一皿だったのかと感心してしまう。

もしかすると、タイ料理屋におけるガパオというのは、中華料理屋におけるチャーハンのような存在なのかもしれない。トム・ヤム・クンやグリーンカレーはどう転んでもそこそこ美味しくなってしまうけれど、ガパオは素人《しろうと》目に見てもパサパサなのもあれば、塩辛すぎるのもある訳で……つまりガパオの旨い店こそ、信頼できるタイ料理屋なのであろう（と、知ったような口を利いてすみません）。

そしてガパオと併行しながらのヤム・アボカド。こちらはゴロゴロとした大きなアボカドが入っていて、それが旨い。と堪能しているうちに運ばれてきたのはプーニム・パット・ポンカリー。つまり、プーニム（柔らかい蟹《かに》）パット（炒める）ポン（粉）カリー（カレー）ということなんだけど、日本人的にはカレーというより「タイの天丼卵とじ」と呼んだほうが近いだろうか。甘くてフワッ、ジュワッとなんとも夢心地の味である。そして極めつきのトム・ヤム・クン！

あれもこれも、ガブガブとたいらげていく。辛さと甘さに振り回されるような刹那的《せつなてき》なシャトルラン。満ちていく高揚感。日頃は憂鬱《ゆううつ》な性格だと自負している私だけれど、ここまで旨いタイ料理を前にすれば迷うことなく疾走できる。汗をかきながらもたちまち完走！　そうして「あぁ美味しかった……」と言いながらお会計を済ませて店を出ると、そこに「スースーチャイヨースタッフ募集！」という張り紙が。

スースー……？　と調べてみると、どうやらここオールドタイランドを経営する会社の名前らしい。系列店を見れば、飯田橋のほかにも市ヶ谷、六本木2店舗、新橋、池袋、自由が丘、中目黒、東京ドーム、下北沢、大井町、吉祥寺、府中、そして渋谷……とここで、「あのガパオ」と今胃の中にあるガパオが、同じ系列のガパオだったことがわかって笑ってしまった。奇跡的に再会できたような風だったけれど、しっかり多店舗展開しているタイ料理の有名店だ。

そんなスースーチャイヨーのことが気になって調べてみると、社長さんはなんと元外交官。なんでも、「今を生きてて過去や未来で悩まない」タイ人の魅力に惹かれて脱サラならぬ脱官し、飲食店や学習塾のアルバイトを掛け持ちしながら、自分の店舗を構えたんだとか。今は14店舗の経営に加えて自社農園スースー・アグリまで……などと色々調べているうちに、すっかりファンになってしまった。

今では、気分の上がらない日にはここに行く、という程に日常の一皿と化したあのガパオ。ムチムチとしたそれを口いっぱいに頬張れば、憂鬱の原因なんて汗と共に流れ出て行ってくれるのだ。コップンカー、スースーチャイヨー！

塩谷舞（しおたに・まい）……1988年、大阪・千里生まれ。京都市立芸術大学美術学部卒業。会社員を経て2015年より独立。2018年に渡米し、ニューヨークでの生活を経て2021年に帰国。note『視点』にてエッセイを更新中。著書に『ここじゃない世界に行きたかった』がある。

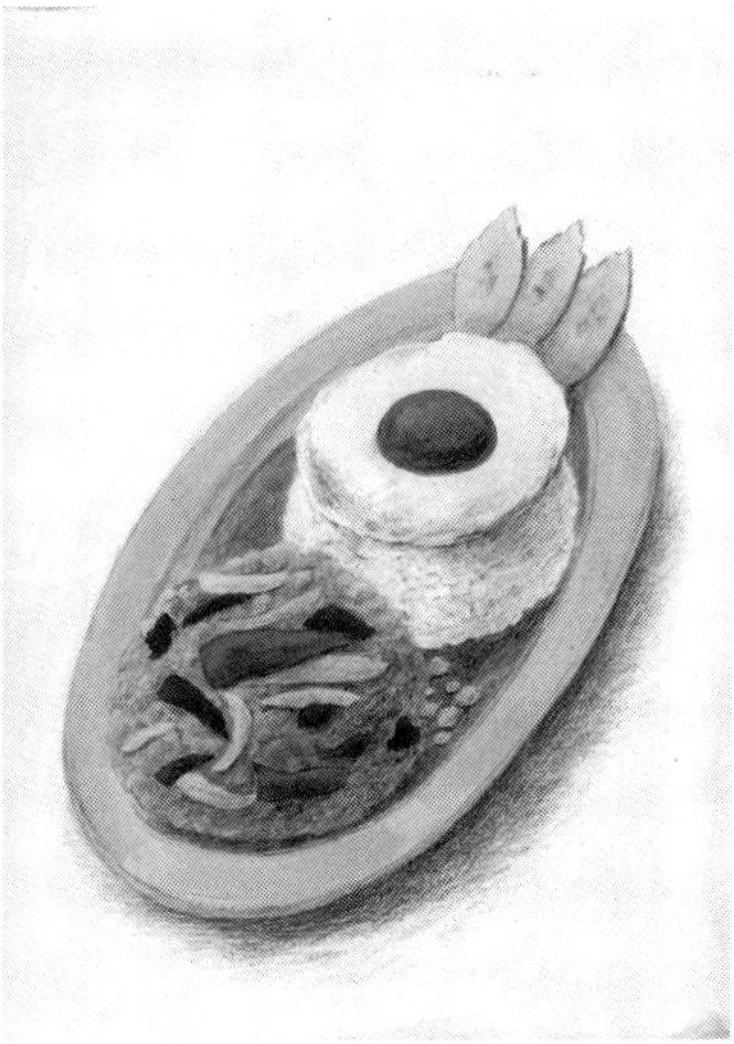

『オールドタイランド　飯田橋店』
東京都千代田区富士見2-3-8
横江ビル2階

名店しか行かない人になったよ

稲垣えみ子

「名店って何」ってことが自分なりにストンと腹落ちするようになったのは、ここ5、6年のこと。具体的に言えば、会社を辞めてからのことだ。

それまではずっと、有名人絶賛の銀座の寿司屋とか、ツウが通う老舗の居酒屋とか、つまりは世間様、あるいはモノのわかった人の評価が高い店が名店なのだと思っていた。さらに言えば、そんな店を「行きつけ」にできるお金も地位もある人が人生の勝者ってものなのだと信じていた。

……ま、バカだったなと思う。

あ、誤解なきよう言っておくが、そのような店も勿論、間違いなく名店である。なぜそう断言できるかというと、バブル入社で接待っちゅうもんを多少経験した身ゆえ、そのような名店を会社のお金で訪ねる機会が何度かあったのだ。まさに名店であった。やはり名店は名店であると思ったものである。でもそのような幸運がそう続くわきゃないのであって、いつかまた行けたらナと夢見つつ結局は地味な日常を延々と過ごすのであり、そうなるといつも行っていた大好きな店がくすんで見えてきたりして、むしろ日常が暗転。人生は難しい。

で、そうこうするうちに50歳で会社を辞めることになったわけです。いきなりの無給生活。当然、名店とか言ってる場合じゃない。そもそも通う場所（会社）がないので食事は基本家で取ることに。たまに外食しても超近所。つまりはもう私はそのような雲の上の世界とは縁を切ったというか、切られたというか。でもまあこれはこれで気楽だ。近所をうろついて気になる店があればふらり入ったり入らなかったり。居心地がよければまた行くし、そうじゃなければそれっきり。

でもよくよく考えたら半世紀も生きてきて、こんな「出たとこ勝負」の店選びは人生初の冒険でもあった。いつの間にか店に入る時は評価を調べてからってことが身についていたのである。でも住宅街にあるナンてことない店なんて食べログとかにも載ってないし、載ってても評価のデータが薄すぎて当てにならんとなれば仕方がない。でも人間とはエラいもんで、勇気を出して経験を重ねるうち、次第に「自分に合う店」が見ただけでピンとくるようになった。

っていうか、そもそも、その「自分に合う店」ってどんな店なのかってことも50を過ぎて初めてわかった。何しろ「もう一度行きたいか」を決めるのは世間じゃなくて自分なわけで、そうなってみると私は、小洒落たインテリアやら派手な料理やらイケメン店員やらには何の関心もないのだった。フツーのものをフツーに美味しく出してくれる店が好きなのだ。

そして、そういう店は案外貴重だった。何しろ現代ではフツーのものをフツーじゃなく見せる店が「バエル」ともてはやされる。つまりは世間の評価が高い店と私の評価が高い店は全く一致していなかったことが判明したのである。

で、気づけば私の頭の中には「我が名店地図」が出来上がっていた。

どれもこれも近所の店ばかり。カフェありカレー屋あり中華屋あり和洋居酒屋あり。何度も行くので店の人とはすっかり仲良し。「好き」という気持ちは伝わるんですな。時にお酒の一杯、ツマミや甘い物などサービスしてくださったり。ああこれほどの幸せがあるだろうか。どんな料理でも、ウーバーイーツで注文を受けた見ず知らずの誰かに作るのと、目の前のカウンターでホクホクしながら待っているエミちゃんに作るのとでは決定的に違うのだと私は思う。食事とはエサではない。美味しく食べてほしい人と、美味しくいただく人との気持ちの交歓なのである。

ってことで、今や私はド名店地帯のど真ん中で生きている。ってことはですよ、かつてあれほど憧れて、でもそんなことは自分の身には決して起こるまいと思っていた「名店を行きつけにする人」になっているのだ。必要なのは金でも情報でもなく、身一つで相手と向き合う気持ちなのだった。

ってことで今じゃ銀座で寿司でもと誘われてもきっぱり断り、代わりに我が近所の名店にお連れする。どれも私には掛け値なく最高の店なので、そこへお連れすることは、私には心からの最高のおもてなしなのである。

とはいえ相手もいろいろなので、それなりにお好みを考えて店を選ぶ。派手な店は誰でも連れていくが、地味な店は真に信頼できる人しか連れていかない。つまりはそこにお連れするのは私にとっては特AランクのＶＩＰである。

そんな店の一つが「安珍」。住宅街のど真ん中にある古い町中華。昔ながらの普通のカウンターでメニューもごく普通。でも全てがうまい。普通にうまい。銭湯に行った帰り、ここへ寄って紹興酒と野菜炒めと餃子を頼んで締めて２０００円というのが我が至福の時なんだが、何しろ普通すぎる店であるがゆえに賓客をお連れする時はそれなりに緊張する。でも結果は誰もが大喜び。それを見た私も大喜びである。

実はこの店の真髄は料理だけではない。カウンターの向こうで黙々と料理するご主人の佇まい。混んでいても慌てず騒がず材料を静かに切り揃え鍋をゆったりと振る姿は瞑想のようだ。心が実に落ち着く。物事に立ち向かう際にはかくあるべしと思う。で、お連れした人がそれに気づいた時の嬉しさったらない。その人への信頼と絆がさらに深まることは言うまでもない。こういうのが真の接待なんじゃないかしら。

稲垣えみ子（いながき・えみこ）……1965年、愛知県生まれ。朝日新聞社で、論説委員、編集委員をつとめ、2016年に50歳で退社。2018年『もうレシピ本はいらない』で料理レシピ本大賞料理部門エッセイ賞を受賞。ほか著書に『魂の退社』『寂しい生活』『老後とピアノ』『家事か地獄か』など多数ある。

『安珍』
東京都目黒区中目黒5-24-21

Chapter 2

2章

ほっと一息
お酒とつまみと
ごはん

プロに訊かなきゃわからない

道尾秀介

『雷神』というミステリー小説の中で、主人公の男性が和食料理店を経営している。十九歳の娘がホールに立ち、父娘で働いているのだけど、物語の序盤に二人のあいだでこんな会話が交わされる。娘が料理中の主人公に話しかけ——。


「二卓さん、カワハギの肝和えと、それに合う日本酒だって」

「日本酒は冷や？」

「冷や」

「じゃ、○○だな。徳利《とっくり》とお猪口《ちょこ》は、そっちの右端の○○で」

……○○って何だよと思われるだろうが、最初の原稿では実際に○○だった。カワハギの肝和えに一体どんな日本酒が合うのか、その日本酒にどんな徳利とお猪口が適しているのかを知らなかったのだ。さて困った。これでは、このさき何度も○○が出てくることになり、そんな虫食いみたいな文章では、主人公たちもギクシャクと関節が蝶番《ちょうつがい》でできているような動きになってしまう。

小説を書いていると、こういうことがよく起きる。大人を主人公にする場合、たいていの場合その人は何かのプロ、つまり和食料理店の経営者だったり探偵だったり家具職人だったり会社員だったり主婦だったりする。作中で彼/彼女がプロとして不自然な言動をすれば、本物のプロが読んだときに「ハッ」と笑われてしまうだろうし、ミステリー小説の場合はそれが何かの伏線だと勘違いされる可能性もある。

たとえば前述のシーンで主人公が不自然な酒を選んでしまうと、それを読んだ和食料理人が「何か意味があるに違いない」と思ってしまったりする。

最後まで読み、けっきょくそれが単なる知識不足だと判明したときに待っているのはやっぱり「ハッ」で、しかもさっきの「ハッ」よりも腹式呼吸に近い。

だからいつも、その道のプロに取材をしながら執筆を進めている。

今回もパソコンの電源を落として取材に出かけたのだが、もし僕が欧米人なら、ここで両手の指を二本ずつ肩口に上げ、くいくいっと動かしながら〝取材〟と言うところだろう。ダブルクォーテーション――いわゆる「カッコつき」のジェスチャー。実のところ取材というのはほとんど言い訳で、飲食店の風景を書いているうちにお酒が飲みたくなっただけ。

行き先は浅草の国際通り沿いにある和食料理店「田《た》の神《かみ》」。いまはなき名店「あらまさ」で修業した若いマスターが、無茶苦茶に美味い料理とお酒を出してくれる。以前に男性週刊誌に書いたショートストーリーでも、やはり和食料理店が出てきたのだけど、そのときもお店をモデルに使わせていただいた。ただしそれは女性グラビアとのコラボ企画で、「一人で飲んでいた男が店で偶然出会った女性とカワハギ的なことになる」みたいな展開だったので、なんだかマスターに悪くて、ホールで働く美しい奥様にはもっと悪くて、いまだに言っていない。

で、「田の神」に到着。飲酒。食事。お喋り。そして「じつは小説の描写で相談が……」と切り出した。丁寧に答えてくれたマスターに一礼して店をあとにしたとき、僕のメモ帳には「酔鯨　すいげい　高知　キレ」「徳利↓片口　香り　ふわっ　青」と、松丸亮吾《まつまるりょうご》くんのダイイングメッセージのような文字が並んでいた。かくして前出の文章は完成し――。

「二卓さん、カワハギの肝和えと、それに合う日本酒だって」

「日本酒は冷や？」

「冷や」

「じゃ、酔鯨《すいげい》だな。片口とお猪口は、そっちの右端の、青いやつで」

酔鯨は高知でつくられるキレのいい辛口の酒で、かすかな酸味が舌を綺麗に洗ってくれるので、濃厚な味の料理によく合う。

……「徳利」が「片口」に変わっているが、こちらのほうが口径が大きく、日本酒の香りがふわっと広がるらしい。「田の神」でも片口を使っていて、その日は酔鯨を注いでもらった。食べたのは、もちろんカワハギの肝和えと、ついでにカツオの藁焼き、肉の炭焼き、サンマをなんかしたやつを青じそといっしょにぐるぐる巻いた料理、稲庭うどん。いつもながら美味しかったし、息の合ったお二人の仕事ぶりと丁寧な接客のおかげで楽しい〝取材〟となった。

お二人には、小説の主人公たちが作中でかなり悲惨な目に遭うどころか、周囲でバタバタ人が死ぬことを伝えておらず、でも言い出しにくいので、これを読んでくれれば助かります。

道尾秀介（みちお・しゅうすけ）……1975年、東京都出身。2004年『背の眼』でホラーサスペンス大賞特別賞を受賞し、デビュー。07年『シャドウ』で本格ミステリ大賞、09年『カラスの親指』で日本推理作家協会賞、10年『龍神の雨』で大藪春彦賞、『光媒の花』で山本周五郎賞、11年『月と蟹』で直木賞を受賞。

『酒菜 田の神』
東京都台東区西浅草2-27-11
umegenビル 3F

酒飲みもすなるバーといふものを

ジェーン・スー

体格のせいか態度のせいか、大酒飲みと思われることが多い。だが、私は下戸だ。ほぼ一滴も飲めない。

飲もうと思ったことはある。試しに飲んだこともある。小洒落たレストランでジントニックをペロリと舐め、帰りにキャッシャーで気絶したのは二十代前半の頃だったか。

色恋に発展させるには態度に隙が無さすぎると言われ、そりゃ酒が飲めないせいだと再び練習したのは三十代初め。真っ赤な顔でひと言も口がきけなくなってしまい、隙どころの騒ぎではなかった。

厄介なことに、下戸の私は酒場好きだ。特に、落ち着いたバーのゆったりとした空気に身を任せることが。老舗や高級店である必要はなく、やや控えめに、街並みに馴染むような店がいい。

仕事終わりにホッとひと息つける場所は、下戸にだって必要だ。事前の約束なんてなくとも、ふらりと立ち寄れば、静かにひとりの時間を楽しむ常連の誰かがいるような店。ほかのお客さんと会話を楽しむ夜の時間は、私にとってこの上なく特別なものだから。

所作には品がありながら、下衆《げす》な話もわかるバーテンダーがいる店は、大人にとって部室のようなものだと思う。そういう行きつけをいくつも持っている酒飲みが、私はうらやましくて仕方がない。ジュースやコーヒーだけで、気兼ねなく深夜まで会話を楽しめる大人の居場所なんて、ほとんどないもの。ファミレスは24時間開いているが、ファミレスで新しい友人ができた例《ため》しなどないし。

ならばバーへ足を運べばよいのだが、下戸が訪れても迷惑なのではと気後れしてしまう。シャーリーテンプルばかり何杯も飲むのは無理な話だ。ノンアルコールのボウモアやラフロイグがあれば、私だって気取っていられるのに。

そんな私にも、一軒だけ頼りにできる店がある。飯田橋のbar meijiuだ。バーテンダーとは前の店からの付き合いで、もう十年以上になる。私は彼になんでも話してしまうので、仕事のことも家族のことも、友達のことも恋愛のこともすべて掌握されている。それがとても心地よい。

私がこの店を好む最大の理由は、バーテンダーの仕事ぶりだ。そんな彼を慕って集まってくる常連さんたちはみな好ましい人物ばかりで、誰かに会えると胸が泡立つほど嬉しくなる。

たとえ誰とも会えなくとも、バーテンダーがほかのお客さんに独占されていたとしても、居場所がないと感じたことはない。ほどよい暗がりのなか、質の良いスピーカーから流れる新旧織り交ぜたジャズを聴いているだけで、凝り固まった疲れがほぐれていくし、なにより彼が作るオリジナルノンアルコールドリンクがべらぼうに美味しいのだ。

ただ美味しいだけではない。傍《はた》から見たら、まるでお酒を飲んでいるようにしか見えない珠玉の一杯を、「甘めで」とか「さっぱりしたものを」なんて抽象的なオーダーで作ってくれる。見栄っ張りの私にとって、これほどありがたいことはない。あからさまにノンアルコールドリンクを頼んで、店のムードを壊したりするのではないかと肝を冷やす必要もない。

たとえばフレッシュな季節のフルーツをたっぷり搾り、珍しいトニックウォーターで割ったものに自家製コーディアルシロップを垂らした一杯。それぞれの味が際立ちつつも喧嘩せず、口のなかに新しいハーモニーが生まれる。

下戸の飲み物は、たいていひとつの飲み物にひとつの味と決まっているので、これだけでうっとりするほど贅沢な気分になれる。飲むだけ担当の私は「美味しい、美味しい」と味わうのみで、中身がよくわかっていないときもある。友人からは、深夜にソフトドリンクをガブ飲みするタチの悪い大人と揶揄されるが、構いやしない。ここでだけは、憧れの酒飲みの気分に浸れるのだから。

私にとっては聖域のような店だが、コロナ禍のせいでしばらく臨時休業せざるを得なくなった。どうしているかと心配になり、店のSNSアカウントを覗《のぞ》いてみると、バーテンダーはコーヒーメニューの開発に勤しんでいた。焙煎も自分でしているようで、なるほど持ち前のこだわりが炸裂している。試験的にカフェ営業も始めるらしい。

私は期待に胸が膨らんだ。私が気兼ねなくオーダーできるメニューが、新たに生まれつつあるのだ。アメリカではsobar（素面《しらふ》を意味するsoberからもじったらしい）と呼ばれるノンアルコールバーが人気だと言うし、バー好きな下戸にやさしい時代がそこまで来ている。

ジェーン・スー……1973年、東京生まれ。コラムニスト・ラジオパーソナリティ。TBSラジオ『ジェーン・スー 生活は踊る』のパーソナリティを務める。2015年『貴様いつまで女子でいるつもりだ問題』で講談社エッセイ賞を受賞。ほか著書に『おつかれ、今日の私。』『生きるとか死ぬとか父親とか』など多数ある。

『bar meijiu』
東京都千代田区富士見
2-7-2-C103

東京で初めて訪れた《友達の家》

岡崎琢磨

二〇一五年三月、私はそれまで住んでいた福岡市内のマンションを引き払い、東京に移住した。そのほうが、仕事がしやすいと判断したためだ。新居に入ってベランダに出たとき、左を向くと彼方《かなた》に富士山が見え、フリーターだった自分がついにここまで這《は》い上がってきたか、と感慨にふけったのを憶えている。

業界の仲間や地元の友人もそれなりにいたので、東京にいても寂しい思いをすることはなかったが、それ以外の人間関係は一から構築し直さなくてはならなかった。誘われるがまま飲み会に顔を出し、時間と金と精神を無駄にしたと感じた夜も一度ならずあった。

翌二〇一六年二月、中高大と同窓で過ごした友人の誘いで、初めて武蔵小《むさしこ》山《やま》へ出かけた。彼のサークル仲間がオーナーを務める店があるので、連れていきたいという。駅を出て、単一のアーケード商店街としては日本一長いとされるパルム商店街を終端《しゅうたん》近くまで歩き、右に曲がったところにそのお店はあった。

電飾看板に浮かび上がる、シンプルな《browny.》の文字――それが、私とブラウニーの出会いであった。

細い階段を上がって扉を開けると、中にはゆったりとした空間が広がっている。左手にダーツマシン（これは以前はなかった）、奥にはソファー席やテーブル席、そしてスクリーン。右手のカウンター席には常に客がいて、リラックスした表情を浮かべている。

さらに店内をよく見回すと、様々な種類の酒瓶に加え、エレキギターやアンプといった音楽機材、ボードゲームを中心としたアナログゲームなどが雑多に置かれているのが目に入る。洗練された雰囲気を期待すると、当てが外れるかもしれない。店内に足を踏み入れた私の第一印象は、次のようなものだった。

——友達の家だ。

そう、ここは店主や客たちの好きなモノだけで満たされた空間。言うなれば、私が東京へ来て初めて訪れた、友達の家のような場所だったのだ。

その日は店の関係者らと会話をした。そのうちの一人と特に仲よくなって、定期的にブラウニーを訪れるうちに、店員やほかの常連客とも顔なじみになった。以前は遠くに住んでいたため、終電を逃して深夜料金の五千円を払ってタクシーで帰る、なんてこともめずらしくなかった。それでも惜しくないと思えるくらい楽しい場所として、ブラウニーは認識されていった。

武蔵小山は人間関係の密度が高い街だ。ブラウニーで耳にした会話を記す。

「どこ住んでるんですか？」

「目黒《めぐろ》です」

「へえ。遠いですね」

私は耳を疑った。目黒駅から武蔵小山駅までは東急目黒線で二駅、急行なら一駅の距離だ。それを、遠いとは。ブラウニーに出入りする人たちは、多くが武蔵小山住まいなのだ。

近隣の飲食店の店員が来たり、反対にブラウニーの店員と近隣の店へ行ったりすることも多い。人手が足りないときには、他店の店員がヘルプで入ることもある。その、武蔵小山における人と人との距離感が、地方出身者としては妙に懐かしい（ちなみにブラウニーでの公用語は関西弁である）。

だから、行けば誰かしらが相手をしてくれるという安心感がある。飲み足りないとき。ひどく疲れたり、落ち込んだりしているとき。退屈な夜を一人で過ごしたくないとき。私はブラウニーに足を向けてきた。うまく行かなかった音楽ライブのあとは、ここで一人、打ち上げをした。沖縄からの帰りに航空機のトラブルで足止めを食い、ほうほうの体《てい》で東京に帰り着いたときもブラウニーに転がり込んだ。何も食べていないと言う私に、店員は名物の焼きカレーを出してくれた。シンプルだが飽きの来ない味で、定期的に無性に食べたくなる逸品だ。

東京暮らしが長くなるにつれ、人間関係は洗練され、大切な仲間も増えた。でも、ブラウニーは私にとっていまも変わらず楽しい場所だ。そこには店と常連客の関係を超えた――面映《おもは》ゆい言葉を用いれば――絆がある。私の東京での歩みは、ブラウニーとともにある。

これからも、気が向いたらいつでも遊びに行ける、そんな《友達の家》であり続けてくれることを願う。

岡崎琢磨（おかざき・たくま）………1986年、福岡県生まれ。2012年『このミステリーがすごい！』大賞隠し玉に選出された『珈琲店タレーランの事件簿 また会えたなら、あなたの淹れた珈琲を』でデビュー。ほか著書に『夏を取り戻す』『春待ち雑貨店 ぷらんたん』『貴方のために綴る18の物語』『Butterfly World 最後の六日間』『鏡の国』など多数ある。

『browny.』
東京都品川区荏原3-6-17 2F

憑《つ》き物落としの赤提灯《あかちょうちん》

バービー

帰りたくない。ひとりになりたくない。だから心霊スポットになんか行きたくなかったんだ。

そんなことを考えながら、梅ヶ丘駅を降り、牛歩で自宅に向かった。

15年前、人生初の心霊ロケに行った。冷やかし半分でそういうところに行ってはいけないことはわかっていた。だが、デビュー1年目の若手お笑いコンビに拒否権などあるはずもなかった。いや、正確にはあるのだが、当時のテレビ業界で、NOを言うものに次はないと思われた。

説明が長くなるので、端的に言う。それらしい名所のダムに行って、若い女性の霊に取り憑かれた、らしいのだ。

取り憑かれたのか、取り憑かれたという自己催眠に陥ったのか、客観的事実は読者の判断に任せるとして、とにかく異常な事態が起こったのは確かだ。

すぐさま、一緒に行った霊媒師《れいばいし》さんが、除霊と称し、首筋にあら塩を強く擦《こす》り付けた。朦朧《もうろう》とする意識の中、霊媒師さんが放ったひと言がその後、私を苦しめることになる。

「ダメだ、こりゃ。取れないわ」

それから、引っ越してきたばかりのワンルームに、あのとき取れなかった何かが一緒についてきてる気がして頭から離れなくなったのだ。

ホラーな気持ちに押しつぶされ、視界まで暗くなりそうな帰り道の途中で、ぼんやりと灯る赤提灯が目に飛び込んできた。

こんなところに居酒屋があったのか。

このとき、仕事は上り調子で、引っ越してきてからも街を探索することなく、仕事に追われ、霊にも追われて、気づくことがなかったらしい。

そこだけ昭和で時が止まっているかのような、釣りバカ日誌の撮影でもやってるかのようなノスタルジックな雰囲気の外観。

ここには、温かい何かがある。

私はそれまで、ひとりでお酒を飲みに行くことはなかったが、ひとりで家にいるよりはマシといざ駆け込んだ。

店に入ると、おかめさんのような福々しい笑みのママが迎えてくれた。

10席ほどのカウンターには、お皿やハブ酒などが雑然と並んでいて、でも清潔感はあって、そのバランスはまるで実家のようだった。肩の緊張がだらりと解《ほど》けていく感じがした。

ママは、飛び込みの20代女性にも、他のお客さんと変わらない距離感で接してくれた。私の母よりも年上のようだったが、昭和の艶っぽさを感じさせるじっとりねっとりした話しぶりと、福笑いのようにころころ変わる表情が可愛らしかった。

すっかりママの虜《とりこ》になった私は、その福笑いに誘われて、多いときで週の半分は虎落吹《もがり》に通った。

身体を張った仕事のあとは、ウーロンハイと炭水化物が、内臓に染み渡る。必ず食べるのが「納豆ぞうすい」だ。

毎回頼んでいるにもかかわらず、必ず「ぽん酢も合います～」と、一声かけてくれる。私のほうも、ママのぽん酢へのこだわりを最後まで聞く。この瞬間が、いつも変わらない居場所という感じがしてたまらない。

ぽん酢推しのママには悪いが、この納豆ぞうすい、芥子《からし》がいいアクセントを醸している、と私は思うのだ。いつもパックの納豆に入っているそれが、そのまま付いてくるのだが、これほどまでにあの小さな芥子の存在意義を感じることはないのではないか。

使い古された1人用土鍋に、いい出汁がしみているのか、家でマネしてみても同じ味にならないから不思議だ。

このお店には、他にも「納豆海苔巻き揚げ」や「ばくだん納豆」「納豆オムレツ」と、なぜか納豆メニューが多い。意識せずに頼んでしまうと、石を投げれば納豆に当たる状態になるため、配分には注意したい。

腹ペコで仕事を終えたときには、一発目におにぎりから行く日もあった。また、ある日は一押しの黒毛豚が食べられる常夜鍋と、ヒレ酒のコンビで旨みを脳にも行き渡らせ、チーズオムレツを水割りで流し込んだ。最後はやっぱり「納豆ぞうすい」だ。

余談だが、初めて虎落吹に入ったとき、たまたま隣に座った謎の振付師に、経緯を話したら、その足で家に塩をまきに来てくれた。彼は新宿二丁目の玄人だったため、この出会いをきっかけに、私は夜遊びの扉を開くこととなる。

ひとりになりたくなくて、飛び込んだ世界には、たくさんの美味しいと青春が待っていた。

バービー……1984年、北海道生まれ。2007年、お笑いコンビ「フォーリンラブ」を結成。テレビやラジオなどで活躍、YouTube「バービーちゃんねる」も人気を博している。著書に『本音の置き場所』『「わたしはわたし」で生きていく。』がある。

『虎落吹』
東京都世田谷区梅丘1-26-4

憎めない高田馬場《たかだのばば》、あの座敷

朝井リョウ

高田馬場。日本が誇る、この国で最も民度の低い町——。

なんの保険もなくこう言い切れるのは、私が高田馬場にある某W大学の卒業生であり、かつ、私自身六年以上、高田馬場エリアに暮らしていたからだ。なので、私は高田馬場について好き勝手言っていい、ということになります。

まず、高田馬場駅は日本で一番嫌われている駅だ。これはもう確定的な事実で、残念ながら覆らない。理由は、春夏秋冬いつでも「遊ぶのにもってこいの季節です!」みたいな顔をした大学生たちが駅前のロータリーに集い、酒を飲んだり大学の校歌を斉唱したりしているからである。私は上京して初めての春、真夜中のロータリーで終電を逃したり終電を逃そうか駆け引きをしたりしている若者の集団を見て、（性欲って目に見えるんだァ……）と胸を熱くした。あのときのロータリーの上空には、ピンク色の湯気が立ち上っていたのである。

まだまだあるロータリー事件簿だけで相当な文字数を消費してしまうのが高田馬場なのだが、やはり学生街、とにかく安く楽しく酔えて腹も膨らむ店というのが雁首《がんくび》を揃えて並んでいる。どう考えても建築基準法に違反してるだろみたいな部分に無理やり中二階をこしらえたため顔の真横にエアコンがある店など、趣深い名所が多いのだ。

そんなユーモア溢れる高田馬場エリアで輝きを放ち続けている店——それが、丸八である。

今、人生で高田馬場を通過したことがある人ならば「丸八を紹介するんかい！」とのけぞったことだろう。それくらいベタなセレクトなのだ。でも私は恥じない。私は丸八を紹介すると決めた。これもう確定的な事実で、残念ながら覆らない。

なぜかというと、単純に、めっっっっちゃくちゃ行ったからである。昔は、よくこの店に朝までいた。一生来ないんじゃないかという始発の時刻を、旅館の大部屋みたいな仕切りのない座敷スペースで足を伸ばして待っている時間が楽しかった。何も生まない時間と空の皿の山、氷が溶け切って無味となった温《ぬる》いサワー。そういうのが楽しかった。

丸八のメニューはいかにも学生御用達といった感じで、ガリガリ君が焼酎にブッ刺さっているサワーやこれは本当にエビかなと思うほどデカいエビのマヨネーズ和え、そしてカエルの揚げ物まで、腹を満たすもの、場が盛り上がるもの、何でもアリでいつまでも飽きずにいられた(数年前、ある有名なデザイナーの方と知り合う機会があり、何を思ったのか私は「この人がガリガリ君のブッ刺さった焼酎を飲んでいるところを見たい」と思ってしまい会食場所に丸八を指定したことがある。趣深い光景でした)。

学生時代、ゼミの担当教授としてお世話になった作家の堀江敏幸先生の謝恩会も、他ならぬ丸八で開催した。マジックが特技だという後輩に「謝恩会の会費、タダにするから★」と極秘の取引を持ち掛けマジックの披露をお願いしたのだが、存外緊張していたのか、用意していた仕掛けがあらぬ方向へ飛んでいったことをよく覚えている。それでも優しく拍手をしてくれた堀江先生の笑顔も、私の中の丸八の印象を更に良いものとしてくれている。

ただ、この店には気をつけなければならない重大なトラップが一つ、存在する。

箸置きだ。

今はどうなのかわからないが、私が大学生だった当時、丸八は唐辛子を箸置きとして採用していた。これが、陶器で作られた唐辛子形の箸置き――ではなく、本物の真っ赤な唐辛子だったのだ。

私は飲み会の最中、なんとなく手元にあるものをイジイジと触り続けてしまう癖がある。その対象がおしぼり等であるときは大丈夫なのだが、唐辛子を無意識に触り続けてしまう夜も少なくなかった。

さて、飲み会もお開きとなったあと。

いい感じに酔いも回った帰宅後、私がすることといえばコンタクトの除脱だ。早く裸眼に戻ってスッキリしたい——そんな逸《はや》る気持ちのまま、適当に洗ったくらいの指でコンタクトを外そうとするのが常だった。

そして、夜中、独り洗面所で絶叫する羽目になるのだ。

指に付着した唐辛子の成分が眼球を直撃するからである。学生時代、何度このトラップに引っかかったことか！　ただ、この話をしてガハハと笑いたいがためにまた行ってしまうのも、結局丸八なのである。ああ、懐かしい。

朝井リョウ（あさい・りょう）……1989年、岐阜県生まれ。2009年『桐島、部活やめるってよ』で小説すばる新人賞を受賞しデビュー。13年『何者』で直木賞、14年『世界地図の下書き』で坪田譲治文学賞、21年『正欲』で柴田錬三郎賞を受賞。

『丸八　高田馬場本店』

東京都新宿区高田馬場2-16-5

Chapter 3

3章

心が弾む
スイーツとカフェ

春だけの常連さん

瀬尾まいこ

おしゃれでも都会的でもなく、舌も肥えていない私に、こっそり通うような名店は1軒もない。それどころか、隠れ家的な店や常連さんが集まる店は、大の苦手だ。

まだ20代のころ、妹と京都に行った時、おしゃれな店で夕飯を食べようと予約したところ、想像とは違ってまさに常連さんが集うバーみたいな店だったことがある。

「しまった。間違えた」と店の前で気づきつつも、予約したからには絶対にここで食事をしなくてはと、私たちは意を決して店に入った。案の定、店員さんもお客さんも「あれ、なんか不似合いな人がやって来たな」という顔をしている。それなのに、予約したばっかりにカウンター席のど真ん中に座らされ、お酒が飲めないうえに小心者の私たちは、常連さんたちと店主の話が弾む狭間で、唯一得体がわかるメニューであったクリームパスタを頼み、無言で食べてそそくさと店を後にした。

ハイセンスな人間だけが集まるクラスに無理やり転入させられた状態だった。常連さんってどうやってなるんだろう。初めて入る人はどんな顔で何を食べればいいのだろう。いや、そんなことより食べた気がしなかったな。おしゃれな店はこりごりだな。などと、店を出たあと家に帰るまで、私たちはぼそぼそと語っていた。

常連さんの中に入っていくパワフルさはないし、すてきな店は緊張する。店主がそばにいるカウンター席は、おいしそうに食べないといけないというプレッシャーがかかって、気を抜いて食事ができない。店員と顔なじみの客がいない、店主の目の行き届かない、そこそこおいしい店が一番だ。

ただ、そんな私にも、毎年春だけ足しげく通うお店がある。千鳥屋宗家さんだ。チェーン店の和菓子屋なのだけど、よもぎ餅がとびぬけておいしい。七分づきの餅に甘くないあんこ。よもぎの味がぎっしりつまっていて、毎年春になるのが待ち遠しくてしかたない。

2月下旬になると、店の前をチラ見しながらとおり、「春よもぎ餅」の札が立っているのを見つけると、週に1度は買いに行く。そこから販売期間が終わるまでの1ケ月くらいの間、常連さんに変貌するのだ。ついでに、毎回一緒に行きたがるので、娘も連れていく。

幼稚園の頃、娘の将来の夢はきなこ団子だった。和菓子屋ではなく、きなこ団子そのものだ。きなこが好物の娘は、思う存分きなこをまといたかったのだろう。そんな娘にとって、和菓子屋は、団子気分を味わえる場所なのかもしれない。
ちなみに、小学生になった娘は、「大きくなったら、サーティワンアイスクリームで働きたいから、高校を出たら、アイスを掬《すく》う専門学校に通うね」と現実的な将来展望を語るようになった。

この「春よもぎ餅」、季節限定で4月の中旬には売られなくなってしまう。しばらく食べられないと思うと、余計に名残惜しくついつい買いすぎる。今年も、そろそろ最後かなと4月に買い込み、「毎年、このよもぎ餅を楽しみにしてるんですよね」とすました顔で店員さんに言ってみた。ところが、「なんと、毎年来てるんですね！」と常連さん扱いをしてくれると思ったのに、「へえ、そうなんですね」と流されただけだった。

見た目が地味な私が、1ケ月そこら通ったところでは、常連にはなれないようだ。夏や秋にもおいしい和菓子がある。まずは近所の和菓子屋の常連さんになれるよう、春だけじゃなくいろんな季節の和菓子を食べまくろうと思う。

瀬尾まいこ（せお・まいこ）……1974年、大阪府生まれ。2001年『卵の緒』で坊っちゃん文学賞大賞を受賞しデビュー。05年『幸福な食卓』で吉川英治文学新人賞、08年『戸村飯店　青春100連発』で坪田譲治文学賞、13年に咲くやこの花賞 文芸・その他部門受賞。18年『そして、バトンは渡された』で「キノベス！　2019」第1位、19年に本屋大賞受賞。

『千鳥屋宗家』
大阪本店ほか、西日本を中心に店舗あり

食べちゃいたいくらい、好きなもの

佐藤雫

あれは、桜が終わって新緑が眩《まぶ》しい季節の頃だった。

爽やかな初夏の風に吹かれながら鎌倉の鶴岡八幡宮《つるがおかはちまんぐう》の石段の下で、知人と喧嘩をした。きっかけは彼の発言である。

「実朝《さねとも》なんてさ、和歌ばっかり詠んでたヘタレだよな」

実朝、とは鎌倉幕府三代将軍源《みなもとの》実朝のことである。彼の実朝像は、心身虚弱で政治は執権の北条《ほうじょう》氏に丸投げ、趣味の和歌に没頭するあまり、自作の歌集「金槐《きんかい》和歌集」までリリースして、最期は甥の公暁《くぎょう》に斬殺されたへっぽこ将軍、のようである。私は高校生の頃から実朝の和歌が好きだった。繊細で心打つ歌が多く、漂う孤独感から彼の姿を美化して想像していた私は、若くして殺されてしまったこの悲劇の青年に恋をした時期もあった。

「実朝だってね、頑張ってたんだよ！」

私は人目も憚《はばか》らずムキになって言い返した。だが、私の溢れんばかりの実朝愛は、言えば言うほど敗色濃厚に。ああ悔しいと思いながら、本殿にパンパンと手を叩いて「実朝様、私がいつか何とかしますから！」という、聞かされる神様も実朝も苦笑いするような漠然とした誓いをしたのを覚えている。

私はその実朝と同じくらい（というと、実朝に怒られるかもしれないが）鳩が好きだ。あの丸いフォルムに表情の読めない瞳。二足歩行の足と連動するかわいらしい頭、追いかければ飛ばずに早足で逃げる姿が愛らしい！　街中で歩く鳩の姿に癒される私にとって、鎌倉に行く楽しみの一つは「鳩」なのである。なんといっても鶴岡八幡宮の神様の使いは鳩である。八幡宮の「八」の字は鳩が並び合い、神苑《しんえん》では鯉の餌を買うとそのおこぼれを貰おうと、愛すべきドバトたちが一斉に群がる（鳩好きには至幸のひと時だが、鳩たちは凄まじい勢いで餌をついばんでいくので、鳥類が苦手な方にはお勧めしない)。

したがって、私が鎌倉で選ぶお土産は必然的に豊島屋《としまや》の「鳩サブレー」だ。それを買わずに帰ることなど決してできない。若宮大路《わかみやおおじ》の本店に行くと、鳩サブレーはもちろんのこと、鳩のマスコットグッズも充実しており、鳩好きには身悶《みもだ》えするくらいたまらない空間である。(おまけに本店の二階には鳩巣《きゅうそう》という、鳩の絵やオブジェなど鳩モノの展示コーナーまであるのだ!)

鳩サブレーの丸い頭と尾っぽ、つぶらな瞳。うっとりとその姿を眺めて「ああ、かわいくてどこから食べたらいいかわからない!」と言いながら、いつも頭から食べる。だって、美味しいんだもの。小麦粉、砂糖、バター、卵、余計なものが入っていないから、純粋に美味しくて飽きない。口に入れた瞬間、バターと卵の香りと、どこか懐かしい甘さが広がる感じが好きだ。

私は実朝論争をした後、実朝を主人公にした小説を書き始めた。それだけが理由ではないが、私の好きな実朝を知ってもらいたい! という思いが私を突き動かしていた。

執筆中は、数回にわたり鎌倉へ取材に行った。八百年前が舞台だとしても、そこに実朝がいたということは確かであって、その場所から彼が見ていた海や空の色はきっと今も変わらないはずだと思うから。帰りには必ず若宮大路の豊島屋本店へ立ち寄った。広いカウンターには、お店のマークの白鳩と同じ色合いの品の良い制服を着た店員さんたちが並んでいて、朗らかな笑顔で迎えてくれる。癒しの鳩空間で鳩サブレーを買って、電車の中で豊島屋の袋を抱えながら構想を練って帰った。

帰宅後パソコンに向かって、鎌倉の情景を言葉に換えていく時、傍らには鳩サブレーがあった。口の中に広がる甘い味は、脳に糖分を補給すると同時に、由比ガ浜《ゆいがはま》に佇む実朝の姿や、彼が愛したであろう鎌倉の空や風を思い浮かばせた。

そうして私は『言《こと》の葉《は》は、残りて』という作品で、集英社の小説すばる新人賞を受賞して作家になった。「私がいつか何とかしますから！」という誓いを聞いた実朝が「では、よろしく頼む」と、見えない糸を引いてくれたのだと信じている。実朝という名の「言の葉を愛した一人の青年」の物語であるこの作品は、私の実朝愛と鳩サブレーでできている、と言っても過言ではなかろう。

ありがとう、実朝様、豊島屋様。きっと『言の葉は、残りて』は、ほんの少し鳩サブレーの味がする、かもしれない。

佐藤雫(さとう・しずく)……1988年、香川県生まれ。2019年『言の葉は、残りて』にて小説すばる新人賞を受賞してデビュー。ほか著書に『さざなみの彼方』『白蕾記』『花散るまえに』などがある。

『豊島屋　本店』
神奈川県鎌倉市小町2-11-19

店名はおまじないの言葉

清水ミチコ

知人が街の小さな単館映画館でバイトをしてるのですが、あんがい毎日面白いことに出会えるそうです。去年はお願いしても「絶対にマスクをしない！」というご老人がいらしたのだとか。ま、面白いという話ではないですけど、何か個人的な主張があるのでしょうか。何度か注意をしてたら、しぶしぶ手ぬぐいを口に巻いていらしたという。もちろん一件落着ですが、同調圧力がイヤなんじゃなくて、本当にマスクが嫌いだったのかもしれません。映画好きという人は、時に一家言持ってるような人物も多いのでしょうかね。

さらに驚いたのは、最近の若いお客さんの話。一時期、ファストシネマが問題になったように、早く結末などを知りたがる人も増えてるのだとか。作品の2時間超えは、どうやら長いと感じるらしく、エンディングまで待てずにスマホを見てしまう人も多くいるそうです。テレビを観ながらスマホをいじってるのが普通という世代は、2時間超えはもはやガマンの限界のようです。現代人は、どんどんせっかちになっているんですね。

私の知人の娘さんは20代なのですが、音楽もイントロの時間がわずらわしいので、「1、2、3ですぐテーマ入ってる曲が好き」と言ってて、笑ってしまいました。そのくらい待てないのか？　ですよね。そのうちギターソロの時間とか「いらなくね？」などと言い出しそうで、音楽って何だろう、と考えさせられます。一冊の本ですら「読むよりも、中身をYouTubeでサクサク解説してくれてる方が早い」とばかりに、そういったチャンネルはずいぶん人気が高いそうです。急いで結果を味わって、何が残るのかはわかりませんが。私も性格的にはせっかちな方ですが、最近のこのスピード優先な世間には、うっすら背中をせっつかれてるような恐怖すら感じるのでした。

前置きが長くなりましたが、自分でも（最近、なんだか自分でもせいてるなあ）と感じた時に重宝してる一軒のカフェがあります。あそこで一息つこうではないか。と思うだけで気分が上がる。そういう場所です。経営者にはそんなつもりはないのかもしれませんが、世間の空気とは一線を画しているような、時間が止められたかのような空間が別格です。私はこの時代、「時間が止まってるような場所ない？」と探してる人も、実はかなり多いのではないかと思います。なかなかないんですよね、これが。息苦しいのは、マスクという物理的なせいだけじゃない。忙しぶったような、せかせかした性格の人口が増えてきてるからなのではないか、と思えてきます。

そんな私のお気に入りのお店は「えんがわinn」。正式名称は「Cafe Les gourmandises at ENGAWA INN」。名前が長いです。ここにすでにせっかちとは真逆の思考がうかがえます。普通なら個人が大事にしているお店ほど、誰にも教えたくはないものですが、このお店のすごいところは、もし混んでしまったとしても、その品格で鎮《しず》められる静かなパワーがありそうなところ。

せわしなさ除去。おまじないの言葉は「Cafe Les gourmandises at ENGAWA INN」という（嘘です）。

住宅街にあるので、名前が覚えにくいだけじゃなく、見つけにくいお店でもあります。しかも、お休みが週3日なので気をつけなければいけない。映画好き以上に自分を通す店なのです。圧倒されるのは緑に囲まれた開放的な店先。まさにえんがわみたいな玄関口。そこで深呼吸するのは無料。って、当たり前ですが、きれいな空気、吸い放題だ〜、と立ったままあくびでもしたいような気分になります。店内の椅子に座って、窓から緑をぼーっとながめていると、それだけで気持ちが和らいできます。カフェに置いてあるテーブルや椅子なども、店主たちが塗り替えては生き返らせてきた温かみがあったり、古いピアノや本棚など、大事に使われてきたであろう風情《ふぜい》に溢れています。

コーヒー好きな私ですが、ここでいただくコーヒーは本当に美味しく、ソテーされたニシンのサンドイッチや、いろどりの鮮やかなサラダ、パテのセットなど、食べているだけでヨーロッパの旅先を思い出します（見栄を張っていますが、ちょっていますが）。手土産などにここのビスコッティも利用していますが、ちょっと自宅からは遠いので、こういうお店が近所にある人は幸せだろうなあと思っています。

清水ミチコ（しみず・みちこ）……岐阜県生まれ。独特のモノマネと上質な音楽パロディで注目され、テレビ、ラジオ、映画、エッセイなど、幅広い分野で活躍。毎年の武道館単独公演も恒例となっている。著書に初の自伝エッセイ『カニカマ人生論』などがある。

『Cafe Les gourmandises at ENGAWA INN』
東京都渋谷区西原2-33-14
＊2023年12月に上記住所に移転

夕焼けスコーンの香り

あさのますみ

気づけば私は、喫茶店のトイレの壁を塗っていた。

人生初のペンキ塗り。二色を混ぜてオリジナルの色を作るのも、脚立に乗るのも、ころころローラーを使うのも、なにもかも初体験。ドアや柱など、ペンキをつけたくない場所にあらかじめ養生《ようじょう》テープを貼ってガードする、その作業が案外大変なのだとはじめて知った。ペンキを重ね塗りすると不思議と味わい深い色になることや、どんなに細心の注意を払っても絶対に、服や靴にしぶきがはねてしまうことも。

その店は、はじめての恋人だった彼の、友達がやっている喫茶店だった。

元恋人とは、お付き合いしていた時間の何倍も友人関係が続き、喫茶店のことも、何度か彼から聞いていた。

「なに食べてもおいしいんだ、行ってみてよ」

「わかった、じゃあ行ったら報告するね」

そう約束したのに、叶わなかった。私が約束を果たす前に、彼は逝ってしまったのだ。自ら。

あまりに突然すぎて、信じられなかった。私宛に遺された手紙を読んでも、なにひとつ分からなかった。どうして？　だって、幸せそうに暮らしてたじゃない。一体なんでそんな選択を。

そこから、混乱の毎日がはじまった。

気づくと、あったはずの別の未来を考えてしまう。遊びにでも誘えば、彼の気持ちが変わったかもしれない。うんとおいしいものを一緒に食べて、普段は照れくさくて言えない、尊敬するところや敵《かな》わないと思っているところを伝えたら——私の言葉を聞いた彼が、どんな顔ではにかむかまで詳細に浮かぶ。うん、そうしよう。思った一瞬あとに、すでになにもかもがまったく手遅れなのだという事実を思い出す。彼は自らの意思で、ここからいなくなることを選んだ。分かっているはずなのに私は、ほとんど無意識に違う未来を求めて、シミュレーションを繰り返してしまうのだ。

いつも通りに働いた。でも仕事を終えて駅に向かって歩き出したとたん、もう涙が止められない。頭の中が「どうして」でいっぱいで、考えがうまくまとめられない。彼が遺した日記や手紙を、何度も読み返した。彼の思考を、どうにかなぞろうとした。そんな中で私はふと、あの喫茶店のことを思い出したのだった。

友達のつてをたどって連絡をすると、お店は、ちょうど改装している最中だという。業者に頼まず自力でやっていると聞いて、お手伝いさせてもらえない？　と申し出た私は、今思えばかなり奇妙だったと思う。それでも店主は、ペンキ塗りでよければと、寛大に受け入れてくれた。「私ね、喫茶店やる前は大道具の仕事してたの。ああ、ペンキがはみ出しちゃってもへーきへーき、それも味だよ」と笑いながら。

ペンキ塗りは、深夜近くまで、七時間かかった。なのに不思議と疲れを感じなかった。目の前の壁に向き合いながら、思い浮かぶままに彼の話をした。学生時代の、器用さと不器用さが混在していた彼のこと。自転車に乗っていろんな場所に行ったこと。店主は受験のとき、彼に家庭教師をしてもらった思い出を聞かせてくれた。あの人、難しいことをおもしろそうに伝えるのが上手なんだよね、そうそう、要点をまとめるのが得意で――それは、ずっと詰めていた息を、ふーっと深く吐き出すような感覚だった。と、ふいに店中が、得も言われぬ幸福な香りで包まれた。お菓子が焼けたのだ。

この店の看板メニューは、夕焼けスコーンと名づけられたスコーンだ。

いかにもこうばしそうなてっぺんは、名前の通り夕焼け色。さっくりと幾層にも割れた四角い形が、開きかけの本のようにも見える。頬張ると、さくさく、しっとり、ふんわりが代わるがわる口中に広がる。絶妙な甘さ加減で、そのまま食べてもよし、ジャムやクリームを合わせてもよし、という自由さが、どこか店の雰囲気と似ていると思った。この、どんな気持ちも問答無用で明るい方へ導くような香りを、彼もかつて嗅いだだろうか。きっと慰められたこともあったはずだ、だからこそ最後の日々、この店に通ったのだ。

小さな店内は、コーヒーを挽けばコーヒーの、スコーンを焼けばスコーンの香りに、まるごと満たされる。接客からお菓子作りまで、すべてを店主一人でやっている。そのシンプルさが、私には、とても優しいことのように感じられた。

ペンキだらけの腕で額をぬぐいながら、こうばしい香りをもう一度吸い込んでみる。今にも崩れ落ちそうだった気持ちが、くん、と少しだけ、引っ張り上げられたような気がした。

あさのますみ……秋田県生まれ。声優・浅野真澄として活躍する。2018年『まめざらちゃん』にてMOE創作絵本グランプリを受賞。著書に、エッセイ『逝ってしまった君へ』『日々猫だらけ ときどき小鳥』『ヒヨコノアルキカタ』(絵・あずまきよひこ)、絵本に「アニマルバス」シリーズなどがある。

『焼き菓子 momomo』
https://www.mo-mo-mo.com/
＊現在は、主に通販で販売

大正時代からの店

畠中恵

池袋駅というか、百貨店の西武池袋本店の、道を挟んだ向かい側に、服部《はっとり》珈琲舎《こーひーしゃ》がある。

大正二年に創業したという、古い古い喫茶店だ。

分厚めのコーヒーカップには、白抜きで、服部珈琲舎の名前が記されている。店の表には、ライスカリーが名物だと、看板が掛かっていた。

一階はレンガの外壁で、大通り沿いにあるから、場所が分かりやすい店だ。

東京生まれではなく、また、今のようにスマホで、簡単に場所の確認ができたりしなかった頃、この喫茶店の立地は、本当にありがたかった。ここならば方向音痴の私も、編集さんとの待ち合わせに遅刻するという、恐ろしいことをせずに済んだからだ。

よって服部珈琲舎は、私が作家デビューした後、初めての編集さんと、何度も打ち合わせをした店となった。いつもお客さんが多くいるので、編集さんと待ち合わせの時は、二階まで探しにいったことも、よくあった。

二冊目の単行本、『ぬしさまへ』が出た後、この店の一階で、『しゃばけシリーズ』を、この後どういう風に書いていくか、話したことを覚えている。一冊目は長編、二冊目は連作短編という形にしたが、三冊目からも、同じく連作短編にしていくことになった。

私が服部珈琲舎で頼むのは、大概珈琲だったと思う。そしてそれは、小説を書き始める前、大して売れない漫画家をしていた頃も、同じだった。漫画は短編ばかり描いていて、毎回描く前に、筋書きのチェックがあった。だが、どう考えても売れていなかった私は、当時打ち合わせに行った喫茶店で、珈琲以外のオーダーなど、したことがなかった。今思えば、ジュースくらい頼んでも、嫌な顔などされなかったと思うが、多分、売れないでいる分、こちらの腰が引けていたのだ。

ただ服部珈琲舎では、真夏になると、アイスコーヒーを頼んだことも多かった。銅のカップだったと思う。涼しげで、夏には嬉しい一杯だった。

そういえばこの喫茶店、普段は二階までだが、有料の三階もあり、予約すれば入れる。

多分、時間がなかったからだと思うが、『つくもがみ貸します』という本を出したとき、編集さんと二人、この喫茶店の三階で、一気に本一冊分の、直しのチェックをしたことがあった。

改めて思い出すと、もう十三年前の事になる。なのに不思議と、あの三階の部屋での作業は、よく覚えているのだ。家でゲラという、出版前の校正用に印刷したものをチェックするときより、格段に早く終わったように思う。

目の前に、編集さんがいたからだろうか。それとも、まだ出版された本が多くない中、そろそろ一冊仕上がって、本屋に並ぶという、嬉しさのためだったのか。

その本は、服部珈琲舎の思い出を背負って、単行本から文庫になり、最近アニメにもなってくれた。そういえばあの店の三階で、直しをした話だったと、表店《おもてだな》のレンガを見た時など、妙に懐かしく思ったりする。

ところで、この服部珈琲舎だが、三階へ上がった時以外も、原稿を直しに行ったことが何度もある。そしてこの店では、私の他にも、書いたものに手を入れていると思われる人を、見かけたりした。

他の作家さんからも、喫茶店などで作業したと聞いたから、家以外の場所で、原稿に手を入れる物書きは、結構いると思う。

私の場合は、家で直しをしていると、他に気を取られてしまうことが多いから、外へ出ていく。家だと、ついネットをしてしまったりするからだ。

それに、さすがに喫茶店だと、余り長居をするのはまずい。適当なところで切り上げ、出ねばならないから、それまで原稿へ、集中することになるわけだ。

そして作業をやりやすい店と、向かない店というものは、やはりあるらしい。池袋だと、この服部珈琲舎と、近くにある、こちらも古い喫茶店が、よく同業者が寄る店だと聞いた。

服部珈琲舎のテーブルなど、そう大きくはなく、資料を広げる訳にもいかないのに、不思議なものだ。そうやってこの店で書かれた物語が、きっとこの先も多く生まれ、本屋に積まれていくのだろう。

思い出と共に、長く同じ場所にあり続けてくれる店は、私にとって、懐かしくも嬉しい場所となっている。

畠中恵（はたけなか・めぐみ）………高知県生まれ、名古屋育ち。2001年『しゃばけ』で日本ファンタジーノベル大賞優秀賞、16年に同シリーズで吉川英治文庫賞を受賞。ほか著書に『つくもがみ貸します』『まんまこと』『まことの華姫』『わが殿』『猫君』など多数ある。

Chapter 4

4章

心に残る
特別なごはん

ズロンズロンのうどんと、そびえ立つかき氷

はるな檸檬

11歳の頃まで、宮崎市内の小さな町に住んでいた。小さな一軒家と、友達の家と、スーパー、駄菓子屋、学校。半径数百メートルの中にそれら全てが収まっていて、子供の私にとってそれが世界のほとんど全てだった。テレビもそれほど見せてもらえず、大きな商業施設も知らず、だいぶ大きくなってから初めてエスカレーターを見てビックリするような子供だった私は、本をたくさん読みながら、どこか遠くにキラキラと輝く素敵なものがいっぱいあるらしい、と漠然と憧れつつ、家の周りを行ったり来たりしては近所の子と木に登ったり葉っぱを吹いたりしていた。

その半径数百メートルの小さな世界の中に、百姓うどんはあった。私がアトピー持ちであったこと、母が専業主婦で3食しっかり作ってくれる人であったことから、外食の機会がほとんどない家庭だったが、たまに、数ヶ月に一度くらいの頻度で、うどんを食べに行くことがあった。それが、すごく嬉しかった。

家を出て数分で着く距離にあるうどん屋さん。店に入ると奥に厨房が見える。何人ものおじさんおばさんが大釜をかき混ぜてうどんを茹でている。天ぷらや磯辺揚げを揚げている。店いっぱいに出汁の匂いが広がっている。寒い季節はあったかいし、暑い季節は冷房がキンキンに効いている。古くて広くて明るい店内はいつもなんだか居心地が良い。

店に入るとまず、レジで注文をしてお金を払う。すると楕円形のプラスチックタグが渡され、それを厨房に渡してうどんを受け取る。基本的に全てセルフで、レジ横のガラスケースからいなり寿司なんかも取ったりして、お水をコップに注いで席に着く。ひたひたとつゆに身を沈めた麺を口に入れる。

宮崎のうどんにはコシがない。麺はどこまでも柔らかく、フワフワしていてよく出汁と絡み、すするとズロンズロンと口に入ってくる。葱や揚げ玉なんかが渾然一体となって、温かいつゆを抱き込むように飛び込んでくる。めちゃくちゃに、美味い。

たまたま近所にあったから通っていたうどん屋だったが、たびたびテレビの取材が来る全国区で有名な店でもあった。なぜかというと、夏に出てくるかき氷がとんでもなくデカいのである。手のひらほどの大きさの器に50センチは優に超えそうな高さのかき氷がそびえ立ったまま提供される。小学生くらいになると友達数人と分け合って食べて、「頭キーンてする〜！」なんて叫んでは笑い合っていた。お互いに色のついた舌を見せ合って「今日も食べきれなかった」「完食した！」とか言いながら帰る、夏の風物詩である。

11歳で引っ越しをしてから、店に行く機会はぐんと減ってしまった。３年前、息子が生まれてから初めて、家族を伴って百姓うどんへ行ってみた。大きな木のテーブル、座敷の小上がり、うどんを載せるアルミのトレー、全てが懐かしく、タイムスリップしたようだった。どれも年季が入ってくたびれているのに、なんだかイキイキと輝いて見える。早朝から開いているこの店は、客のいない時間でもいつも不思議と活気があった。息子と分け合って食べたうどんは、身体に染み渡るような美味しさで、やはり初めて連れてきた夫にも「美味しいでしょう、美味しいでしょう」と何度も話しかけてしまう。夫はその度に律儀に頷いていた。自分の幼少期を新しい家族と分かち合えたようで、しみじみと幸福感に満たされた。近々、コロナ禍直前に生まれた娘を伴って、彼女にとって初めての九州への帰省を計画している。百姓うどんにもまた行こうね、と家族と言い合っていて、あの味を今度は娘とも分かち合えると思うと、心が弾んでしまう。

当時はなんてことない、私の小さなテリトリーにあるありふれたうどん屋さんのように思っていた百姓うどんが、こんなに郷愁を誘う、懐かしくて大好きな場所になるとは思わなかった。年月を経ても繁盛し続け、宮崎の人々に愛される店であることには理由があるだろう。それは店主のこだわりかもしれないし、店員さんたちの想いにあるのかもしれない。その詳細を知らなくても、あの店に行って席につき、うどんを一口すすれば、誰にでもきっとわかる。いいもんはいいし、美味いもんは美味いのである。

はるな檸檬（はるな・れもん）……1983年、宮崎県生まれ。漫画家・東村アキコのアシスタントを経て、2010年に宝塚ヲタクの日常を描いた『ZUCCA×ZUCA』でマンガ家デビュー。著書に『ファッション!!』『ダルちゃん』『れもん、うむもん！』『れもん、よむもん！』など多数ある。

『百姓うどん』
宮崎県宮崎市大塚町乱橋4502-1

ハレの日に、ひとりでお寿司

小川糸

私にとって、お寿司はハレの日のご馳走だ。

ものすごくお寿司が好きで好きでたまらないわけでは、決してない。ベルリンにアパートを借りて暮らしていた時も、お寿司が恋しくなったりはしなかった。ドイツでおいしいハムやソーセージを日常的に食するうち、生魚どころか魚全般がなんとなく苦手にすらなった。だから、お寿司を食べなくたって、全然生きていけるのである。

でも、だからこそ、ここぞ、という時に、ふとお寿司が食べたくなる。

ひとりでお寿司屋さんに入ってカウンターでお寿司をつまんだ時、私は自分がいっぱしの大人になった気がして誇らしかった。ひとりお寿司屋さんデビューは、四十歳を過ぎてから。

以来、自分にご褒美をあげたい時は、ひとりでお寿司屋さんに出向き、カウンターでお寿司を頬張るのである。年に一度か二度の、贅沢だ。

二月の終わり、新聞連載用の原稿が一区切りついたタイミングで、銀座へ行った。これは、私が私とデートする、大切な時間でもある。

冬から春へ、今まさにバトンが手渡された瞬間のような陽気の中、足取り軽く久兵衛へ。行くのは決まって、夜ではなくて昼である。

私は、お寿司屋さんに行ったからには、お腹いっぱいお寿司が食べたい。だから、刺身をつまみながら、寿司屋のカウンターで腰を据えてお酒を飲むという趣向はない。どこのお寿司屋さんに入っても、つまみは無しにして、最初からひたすらお寿司を握ってもらうのである。

「何か、苦手な食材はないですか？」

内容はお決まりだが、カウンターの奥から、必ず板さんが最初に聞いてくれるのが嬉しい。初めての時は、緊張のあまりそれが言えなかった。言えなかったら、最初に大トロが出されたので、狼狽《うろた》えた。以来、大トロと中トロとあん肝とブリが苦手であることを伝えるようにしている。私は、脂の強い食材が苦手である。

そんなわけで、私の前にまず最初に登場するのは、赤身マグロのヅケだ。次いで、白身魚のホウボウ。江戸前寿司はあらかじめ味がついているので、醤油はつけない。目の前に出されたら、すぐに手でそっと持ち上げ、口の中へふわりと放つ。箸は、極力使わない。

一貫口に入れるたびに、無限の歓びが広がった。やっぱり、お寿司は江戸前に限る。

江戸前寿司の特徴は、ネタのひとつひとつに丁寧な仕事がしてあることだ。酢や塩でしめたり、煮たり、タレに漬けたりして、生魚を加工し、日持ちを良くする。ゆえに、技術がものを言う。酢飯に刺身をのせただけのただの寿司とは、奥行きが違うのである。

板さんは、目の前の大きなまな板で、小さな魚の一切れを相手に、鮮やかな包丁さばきを披露する。包丁はピカピカに磨かれ、刀のよう。ほんの一切れの魚を、なんとか最高の状態にして成仏させる。そのための苦労は惜しまないのが、江戸前寿司の精神だ。

だから、ひとりでカウンターに座っていても、全く手持ち無沙汰にならない。美しい映画を見ているようなうっとりした気分で、板さんの無駄のない華麗な動きに見入ってしまう。

次は、アオリイカ。続いて、ウニの軍艦巻き。

生きた車海老は、軽く火を入れてもらい醤油でいただく。タイラギ、そしてもう一度赤身マグロ、しめ鯖と続く。

穴子は、ふわりと焼いたのをシャリにのせ、半分に切って、塩とツメ、両方の味で楽しませてくれる。料理人というのは、つくづく、愛が深くなくては務まらない仕事である。

自分は決してブランド志向ではないけれど、久兵衛でお寿司をいただくたび、老舗には老舗の良さがあると痛感する。カウンターに並ぶ他のお客の洗練された所作を眺めたり、隣から漏れ聞こえる大先輩の何気ない言葉にハッとしたり、板さんのさりげない心遣いに助けられたり、学び、吸収することは山ほどある。

最後、お味噌汁を飲み干したら、すぐに席を立つのはいつものことだ。パッと食べて、パッと出る。お寿司はまさに、「おひとりさま」にはもってこいである。これで、カウンターに座ってからちょうど一時間だ。

店を出て、晴海《はるみ》通りの方へ歩いた。食後のコーヒーを飲みに資生堂パーラーへ寄ってお寿司の余韻を味わい、その後たちばなでお土産のかりんとうを買って帰るのが、私の定番デートコースである。

小川糸（おがわ・いと）……1973年生まれ。2008年『食堂かたつむり』でデビュー。本書は、11年にイタリアのバンカレッラ賞、13年にフランスのウジェニー・ブラジエ小説賞を受賞。ほか著書に『つるかめ助産院』『ツバキ文具店』『キラキラ共和国』『ライオンのおやつ』などがある。

『銀座 久兵衛 本店』
東京都中央区銀座8-7-6

佐賀の小さな小さな餃子屋さん

久住昌之

陶器の絵付けを習うために、佐賀県に通うようになって、三年になる。行ったら、必ず寄りたい店もできた。佐賀市内の小さな餃子店「南吉」だ。

初めてこの店を見つけた時は、入りにくかった。なにしろ道に面して扉が一つあるだけで、暖簾《のれん》も無い。厨房らしき部分に小さな窓があるが、店内はよく見えない。恐る恐るドアを開けると、四人しか座れないカウンターと、狭い狭い小上がりがあるだけの小さな店だった。

「あの、三人だけど入れますか？」と言ったら、店主ご夫婦が「どうぞぉ」と笑顔で招いてくれた。ボクは、市内でライヴをした帰りで、バンドメンバーの二人と一緒だった。

メニューを見ると「ビイル」と書いてあってニヤリとする。それと、すぐ出そうな「酢モツ」を頼んで、乾杯し、店の様子をうかがう。酢モツ、歯ごたえがよく、うまい。冷えたビイルに合う。

焼き餃子は一人前一〇個と書いてあったので、三人で一皿頼むと、カウンターの中の二人に「え？」という顔をされた。ボクはその意味がよくわからなかった。

おじちゃんは冷蔵庫から棒状にコネ上げられた生地を出し、少しずつ切ってはのし、餃子の皮を作り始めた。そこからやるのかい！　店が空いててよかった、と思った。

ボールに入ってる餃子のタネが、明らかに普通の餃子のそれと違い、遠目には、ポテトサラダみたいに見える。白っぽくて、緑と赤のつぶつぶが入ってる。ふーん、面倒な店に入っちゃったかな、と少し思った。

しかし、思ったより早く餃子は焼けて出てきた。小ぶりな餃子が一〇個。

細い青ネギのみじん切りが小皿にたっぷり盛られている。これをタレに入れて、餃子をつけて食べるのが、この店のやり方らしい。胡麻ラー油とかはなかった。

「いただきまーす」と餃子を半分口に入れてもぐもぐとした途端、我々は顔を見合わせ、ボクは餃子を飲み込み、即座に「餃子、あと二人前ください！」と叫んで、店主夫婦に笑われた。

一〇個は瞬く間に消え、あと二人前出てくるのが待ち遠しかったこと！いや、うまい。こんな餃子、初めてだ。

一個がふた口で食べられる。薄い皮もおいしいし、その中のタネも実に軽く、うーん、と思ってるうち、口の中で消える。そして次の一個を口に入れたくて仕方がない。三〇個ペロリで、さらに水餃子二人前注文。

丼にお湯に入って出てくるタイプの水餃子。こちらはソフトで、焼き餃子と違うみずみずしさが旨い。三人で五〇個食べて、ようやく落ち着いた。

なんというか、「どうだ俺の餃子を食ってみろ！」的なギラギラした味ではない。実にさりげなく、質素で、親しみやすい、口にやさしい餃子だ。

東京に帰っても、南吉の餃子が忘れられない。二皿目の餃子二〇個が来た時に撮った写真を見ては、口の中に湧いたヨダレをごくりと飲み込んでいた。

以来、佐賀に行くことが決まったら、どのタイミングで南吉に行くか、そこからスケジュールを考える。

ボクは、なじみになっても店の人とベラベラ話す方ではないんだけど、狭いカウンターの中の、お店の夫婦を前にして餃子ができるのを待つ時間が、とても心地いい。少しずつ顔を覚えられて、馴染みになっていくのも嬉しい。

基本的に寡黙だけど、しっかり自分の考えや意見を持っているご主人の話も面白いし、それを静かに微笑んで、口を挟まない奥さんの表情やしぐさも、かわいい。そして二人の連携プレイ、阿吽《あうん》の呼吸の仕事ぶりは、それを見ているだけでビイルがうまくなる。

だんだんと、ビイルは客が自分で冷蔵庫から出して、壁の栓抜きで、栓を抜いて席に持ってくる、という暗黙のルールもわかってきた。誰にも教えられずわかってくるのも、うれしい。そうすると奥さんは必ず「あ、すいませーん」と言ってくれる。

持ち帰りの生餃子の注文客も多い。前回行った時は、夕方入ってきたお客さんに「ごめんなさい、今日は売り切れました」と言って断っていた。あ、今日はこんなに早く店じまいか、と思っていたら、奥さんが、「まだあるんですけど、注文が二〇〇個入っていて、このあと残業なんです」と笑った。二〇〇個も！　でもそれを「残業」と言うのが、なんとも楽しい。

食べ終わって店を出ると、日が落ちて、月が昇っていた。小さな厨房窓から、古い紺色の野球帽をかぶり、せっせと餃子を作っているご主人が見えて、胸がきゅんとした。早くまた食べたい。

久住昌之（くすみ・まさゆき）……東京都出身。和泉晴紀とのコンビ「泉昌之」による『夜行』でデビュー。1999年に実弟・久住卓也とのユニットQ.B.B.による『中学生日記』で文藝春秋漫画賞を受賞。谷口ジローとの共著『孤独のグルメ』は、海外でも翻訳出版されている。2019年『大根はエライ』で日本絵本賞を受賞。

『南吉』
佐賀県佐賀市中央本町8-1

日帰り温泉に隠された秘宝

川内有緒

日帰り温泉施設に期待するものはめくるめく入浴体験であって、決して食事なんかではない。たとえ食事処が付随していてもそれは目的にはなりえず、あくまでついでに寄るところである。

そんなわたしの思い込みを軽やかに覆した場所が山梨県にある。塩山《えんざん》駅から車で一〇分ほどのその場所の名は「はやぶさ温泉」。古い旅館風の建物で、自然に囲まれた少しぬるめの露天風呂は、いつまでも入っていられるような柔らかなお湯で満たされている。

嬉しいのは、座布団を枕にしてごろんと横になれる畳張りの休憩処。そこには細長い座卓が並んでいて食事処も兼ねている。ビールが冷えていて、メニューは、ざる蕎麦とか天ぷらとか竜田揚げ定食とかそんな感じ。ああ、なるほど、そういう感じですか、と思うかもしれない。いやいや、それが違うのです。ここには、まだ世に発見されていない逸品が隠されているのだ。

わたしが初めてはやぶさ温泉に行ったのは、二〇一七年の冬のことだった。夫と一歳の娘とわたしの三人は、塩山に住む友人ファミリーを訪ねていた。いや、正確に言えば、友人になったのはもっと後のことで、わたしにとっては初めて会う家族だった。

その日の我々はやや特殊なアジェンダを抱えていた。当時わたしは、約一年二ヶ月前に生まれた娘のために小屋をセルフビルドで造りプレゼントしたい、という願望を胸に秘めていた。ところが、わたしの熱い想いに反してなかなか適当な土地が見つからず、諦めかけていた頃に、うちの余った土地を使ってもいいですよ、と助け舟を出してくれたのがこの山梨在住のファミリーだった。旧知の間柄でもなんでもなく、夫が仕事関係で知り合った人たちである。初顔合わせの日、ファミリーは「まあまあ、土地はともかく、まずは地元の温泉でも行ってご飯を食べましょう」と誘ってくれた。わたしはお見合いのごとく緊張をしていて、食事どころではなかった。だから何を食べたのかはまるで覚えていない。

それからの四年間、わたしたち家族は三〇回くらい塩山に通い、そのファミリーとは親戚のような付き合いとなり、無事に小屋もオール・セルフビルドで建て終えた。その間、一度もはやぶさ温泉には行かなかったわけだが、それはとても単純な理由で、もっと近くに別の温泉施設があったからである。退屈していた秋の日、わたしたちは急に思った。たまには別の温泉に行ってみようよ、ほら、最初に来たときに行った、えーと、はやぶさ温泉だっけ、ついでにそこでご飯も食べよう、美味しいかどうかは覚えてないけど。

そんな会話の一時間後、わたしたちはお湯に浸かり、食事処の座布団を二枚重ねて腰を落ち着けた。メニューを見ると、つまみも定食も酒類もかなり充実している。わたしはさばのみそ煮定食と迷ったあげく最終的には竜田揚げ定食をオーダー。夫は好物のカツカレー、ついでに牛すじ煮込みと餃子も頼んだ。

初めに運ばれてきたのは餃子だった。パリッと焼かれた小ぶりの餃子を口に放り込んだ瞬間、ぎょっとした。美味しいものというのは不思議なもので、舌で味わうもっと手前、箸で口元まで運んだ瞬間にもう美味しいということがわかってしまう。

この餃子が、まさにそうだった。

衝撃を受けたわたしたちは、すぐにたこのから揚げとごぼうのから揚げも追加した。

そうして、全てを夢中で胃袋に納めたあとに目に入ったのは、テーブルの上に置かれたプラスチックのメニュースタンド。ラーメンらしき写真があり、「毎日数量限定！　温泉手もみ中華そば」の文字が躍る。さらに「スープとチャーシューにはやぶさ温泉水を使用しました」とある。

テーブルは静かな興奮に包まれた。ああっ、でも、もうお腹がいっぱいすぎて何も胃に入らない……。

翌日のランチタイム、わたしたちは再び車を走らせた。帰京の時間が迫っているので、温泉に入る時間はないが、それでも構わない。あの蠱惑的《こわくてき》なラーメンを食べずに家に帰れない、そんな切迫した思いだけが我々を駆り立てていた。

運ばれてきたのは、黄金色をした澄んだスープの中華そば。うっすらと脂が浮いたスープの中に太い縮れ麺がゆったりと沈み、優しい色味のチャーシュー、そして細かく刻まれたネギと海苔が主張しすぎることなく寄り添っている。

最初の一口で十分だった。ラーメン激戦区でもなければ、ラーメン専門店ですらない。一見、日本中に無数にあるような温泉施設の一角にとんでもない宝が隠されていた。

失われた四年間を取り返すかのように、あれからわたしたちは愚直にそこに通いつめている。もちろん他の飲食店には行っていない。しつこいと思うがもう一回言おう。そこは「はやぶさ温泉」である。

川内有緒（かわうち・ありお）……1972年、東京都生まれ。2014年『バウルを探して』で新田次郎文学賞、18年『空をゆく巨人』で開高健ノンフィクション賞、22年『目の見えない白鳥さんとアートを見にいく』でYahoo!ニュース｜本屋大賞ノンフィクション本大賞を受賞。ほか著書に『パリでメシを食う。』『パリの国連で夢を食う。』『晴れたら空に骨まいて』などがある。

『はやぶさ温泉』
山梨県山梨市牧丘町隼818-1

このトンネルを抜けたら最初に行く店

澤村伊智

飲食店に関してはチェーン店の方が入りやすいと感じる性質《たち》で、十数年前に自炊を始めてからは外食する機会そのものが減った。酒もごくたまにしか飲まない。そんな自分にとっても「とても気に入っていて」「これまで何度も利用した」個人経営の店が一軒だけある。阿佐ヶ谷《あさがや》にある「Restaurant MU」だ。

今思い返せばまさに怪我の功名だが、この店に足を運んだそもそものきっかけは「酔って倒れたから」である。友人と久々の酒席で楽しく飲んだ帰り、電車内で強烈な目眩《めまい》に襲われ、気絶しかけたのだ。降車間際だったこともあり運行を妨げるような真似はせずに済んだが、駅員の方々や友人、当時結婚したばかりの妻には多大な迷惑をかけた。改めてこの場を借りてお詫びしたい。

数日ほど静養した。医者に診てもらい異状はないと言われた。だが気分は落ち込んだままで、少しも回復しない。思い立った解決策が「ちょっと贅沢な外食をする」というものだった。さっそく近隣エリアのグルメガイド本を購入し、真っ先に目に留まったのがこの店だった。レアのラムチョップに焼き野菜を添えた皿の写真が、とにかく美味しそうに見えた。

数日後の夜、妻と二人で店に足を運んだ。阿佐ヶ谷の代名詞的なアーケード商店街・阿佐谷パールセンターの中程から、脇道に逸れてすぐの所だった。大きな窓から店内が見えた。古民家を改装したらしき、白を基調とした内装だった。「こんな洒落た店に入っていいのだろうか」「入った瞬間『帰れ』と言われないだろうか」「予約したのに」などと、店の前で怖じ気づいたのを覚えている。

幸いにも門前払いされることはなく、私たちは二人席に案内された。酒を勧められたが経緯が経緯なので丁重にお断りし、前菜盛り合わせとパスタと、本に載っていたラムチョップ、そしてデザートを頼んだ。

食事の途中、私たちはスタッフの方に「結婚式の二次会で是非こちらを使わせていただきたいのですが、貸切とかやってますか？」と訊ねていた。当時は籍を入れただけで挙式その他のことは漠然としか考えていなかったのだが、前菜の時点で「ここに友人知人を呼びたい」「この店の料理で感謝の気持ちを伝えたい」と、夫婦で意見が一致していた。酔って倒れたこと、そのせいで落ち込んでいたことなど、きれいさっぱり忘れていた。それほど魅了されたのである。

前菜盛り合わせはどれも「うまっ！」と二人で顔を見合わせた。どこかで食べた味が一つもない点も魅力的だった。ガイド本やネットでは「イタリアン」と紹介されていたし、今もされているが、私としては「イタリアンをベースにした創作料理である」と言いたい。パスタはイワシと大根とカラスミのリングイネで、これも「こんなパスタが世の中にあるのか」と大変驚いた。本で見て楽しみにしていたラムチョップは、陳腐な表現だが頰が落ちそうなほどだった。

結婚式の二次会で、食通で辛口の知人が「この店、どこで見付けたんですか？」「こんなに食事が美味いパーティは初めてかもしれない」と唸っていた。ウェディングケーキは小さなシュークリームをたくさん積んだ「クロカンブッシュ」と呼ばれるもので、あの場の浮かれ気分を差し引いても、それまで食べた甘味すべての中で一番美味しかった。あれから六年近く経つが、未だにその評価は揺るがない。

以降もことあるごとに、ＭＵに足を運んだ。義母が来訪した時にランチを食べたのもこの店で、デビュー作が映画化された際、祝杯をあげたのもこの店だ。料理に舌鼓を打ちながら、隣席の客を密かに観察するのも楽しかった。どの客もささやかな記念日を祝っているらしく、幸福そうだった。人間不信を前提とした小説ばかり書いている自分にとって、「楽しく食事をするために、仲良く出かける人がこんなにいる」という事実はとても新鮮で、心が洗われるようだった。

現在は阿佐ヶ谷から離れたところに住み、子供も生まれ、しかも災厄の只中で、外食はおろか外出すること自体がとても難しい。だが、このトンネルを抜けたら最初に行く店は「Restaurant MU」だ。その時が一日も早く来ることを願いながら日々を生きている。

澤村伊智（さわむら・いち）……1979年、大阪府生まれ。2015年『ぼぎわんが、来る』で日本ホラー小説大賞を受賞しデビュー。19年「学校は死の匂い」で日本推理作家協会賞〈短編部門〉、20年『ファミリーランド』でセンス・オブ・ジェンダー賞〈特別賞〉を受賞。ほか著書に『ずうのめ人形』『ばくうどの悪夢』『一寸先の闇　澤村伊智怪談掌編集』などがある。

『Restaurant MU』
＊2022年に閉店

選ばれし者のための逸品

朱野帰子

私の人生を支配し続けてきた一軒のエスニックカレー店が、かつて早稲田《わせだ》大学文学部キャンパスの隣に存在した。名を「メーヤウ」という。そこで供されるカレーの全てをひっくるめて、早稲田の学生たちはメーヤウと呼んでいた。

「メーヤウ食ったことないの？」と先輩に問われている後輩を見ると、学生の頃の私たちは「無事に戻って来られるといいが」などとつぶやいたものだ。メーヤウは人を選ぶ食べ物だからだ。メーヤウが人を選ぶのだ。

私が初めてメーヤウを食べた時、辛さの星二つのレッドカリーだったにもかかわらず「襲われた」と感じた。辛いなどという語彙《ごい》では言い表せない未知のものを体内に招き入れた感覚。「侵襲《しんしゅう》される」と表現している人もいたが、わかる。メーヤウは口に入れた瞬間、人を侵す。「青唐辛子入りのプリックナンプラーをかけると美味《おい》しいよ」と先輩が言っている声が遠くに聞こえた。私の意識は食べながら遠のいていた。二度と来ないと思った。

だが、数ヶ月後、私はメーヤウを食べていた。なぜかはわからない。頼んだのはポークカリー。星は三つである。先輩からは「水を飲むな」と教えられた。「飲むと苦しくなる」これはメーヤウを初めて食す者が必ず教えられることだ。「つらくなったらルーの中にあるジャガイモと茹《ゆ》で卵を少しずつ食べろ。ルーがなくなるまでもたせないと死ぬぞ」

そこまでして食べる必要があるのか。あるのだ。私はメーヤウにどっぷりハマっていった。週に一度は食べなければ禁断症状が出るようになった。苦手な先輩からでも「行こう」と言われれば共にメーヤウの店舗への階段を上った。

私の定番は「ポークカリー、ご飯普通盛り、生卵のせ、ココナッツアイス」である。ルーが残ることを恐れて「ご飯大盛り」にする者もいるが、私はルーでヒタヒタになった米を喉《のど》に流し入れるのが好き。「ご飯少なめ」にして飲み物状にする人もいるらしい。食後は店特製のココナッツアイス。少し粉っぽいそれを口に含むとメーヤウの暴虐に耐え抜いた口内が冷たく癒される。

メーヤウ初心者の先輩を店に連れていったことがある。完全に怒りながら食べている先輩を、私たち同伴者たちは「そのうち気持ちよくなりますから」などと笑みを浮かべて囲んでいた。新興宗教の勧誘でもされている気分だったかもしれない。なんとか完食したものの、胃腸が変調をきたしたのか、店を出るなり文学部キャンパスのトイレへ駆けこんでいった先輩。二度とメーヤウには来なかった。かわいそうに、メーヤウに選ばれなかったのだ。

しかし常連の私とて、メーヤウに選ばれ続ける自信などない。食べるたびに「なぜ食べ始めてしまったのか」という絶望に襲われる。だからこそ食べ切った後の達成感はやみつきになる。大学を卒業し、深夜まで働くようになっても、小説家になってもメーヤウに通った。同じくメーヤウに侵されている編集者がいて、その人との打ち合わせは必ずメーヤウだった。

　この社会を変えることは容易ではなく、努力が報われるとは限らない。でもメーヤウを食べ切ることはできる。その間だけは過去も未来も忘れ、今だけを生きられる。現代人にはそういう時間が必要なのだ。

　２０１７年、衝撃のニュースがもたらされた。メーヤウが閉店する。嘘だ、私たちをここまでメーヤウ漬けにしておいて！　しかし同じように考えた人たちがたくさんいたらしい。元スタッフや常連客が協力して復活プロジェクトを立ち上げ、クラウドファンディングで目標額の２８５パーセントである４２７万９１１０円という支援金を獲得、２０２０年７月に西早稲田駅のすぐそばに店舗が復活した。店長は中東研究者である高岡《たかおか》豊《ゆたか》さん。もとはメーヤウの常連だったそうだ。

　私？　もちろん行きましたよ！　口の中に入れたポークカリーの味は前と

は少し違うような気もしたけれど、昔からメーヤウって、味とか温度とかが変動する食べ物なのです。だからこそ毎回「今回こそダメかも」と絶望するのだ。ともあれ、これで生きていけると思った。同じくメーヤウ信仰者で、早稲田から離れて住む友人に「メーヤウどうしてる?」と尋ねたところ通販で購入しているという。送料込みだとなかなかの値段になってしまうが、「メーヤウを食べるためならば仕方ない」と語っていて深く納得した。メーヤウとはそのような食べ物なのだ。

朱野帰子（あけの・かえるこ）……1979年、東京都生まれ。2009年『マタタビ潔子の猫魂』でダ・ヴィンチ文学賞大賞を受賞し、翌年デビュー。著書に、ドラマ化された『海に降る』『わたし、定時で帰ります。』シリーズのほか、『駅物語』『対岸の家事』など多数ある。

『早稲田メーヤウ』

東京都新宿区西早稲田2-20-5
アトラスタワー西早稲田 1F

そして、みんな思い出になった

最相葉月

途方に暮れている。私の名店が次々と消えてしまった。あの味も、あの空間も、あの語らいも、もう二度と取り戻すことができない。

東日本大震災の数か月後に閉店した東京、南青山の「富久美《ふくみ》」は、大阪出身のご夫婦が営む鉄板焼きの店だった。大好物の「さいとび」は、特上のさらに上をいくトリュフ入りの巨大お好み焼きで、三千八百円もするためめったに食べられないが、友人や担当編集者と一緒の時はたいてい注文した。好きが高じて、拙著《せっちょ》のタイトルにさせてもらったほどだ。

コテで食べないと怒られる、本格派のお好み焼き屋さんで鍛えられた関西人の舌を満足させてくれる店は東京にほとんどなかったため、初めて富久美のお好み焼きを食べた時は懐かしさと安心感に満たされ、以来、常連客の仲間入りをした。

人を容姿で語ることはあまりしたくないが、店主夫妻はモデルでもしていたのかと思うほどの美男美女。メニューに並ぶのは焼きそばやとん平焼きなどB級グルメばかりなので、そんな落差もまた味わい深いものだった。

あるところからお中元に大量のネギが送られてきた時、とても食べきれなかったため引き受けてもらったのも富久美だった。考えてみれば、店の味を保つには同じ業者から仕入れているわけで、かえってご迷惑をおかけしたと反省している。

閉店は、震災後の自粛ムードで客足が途絶えただけでなく、流通に大きなダメージを負ったことが引き金となったようだ。店の住所が記された挨拶状をいただいたあと、連絡はぷっつり途絶えた。ご夫婦は大阪に帰られたはずだが、行方はわからない。今どきSNSぐらいやっておられるだろうと思って何度か探してみたが、見つからなかった。

富久美が去ったあとに入った新しい店に、昨年初めて行ってみた。入りづらかったが、もしかして富久美の後日談でも聞けるかもしれないと思ったのだ。室内は完全にリノベーションされており、若い客向けのスタイリッシュなビストロになっていた。味はよかったが、残念ながら期待した情報は何も得られず、さみしさは増すばかりだった。

もう一つの私の名店は、二〇二〇年十二月に閉店した神宮前のイタリアン「タヴェルナ・アズーラ」である。コロナ禍の最中にビルの建て替えが決まり、店主が七十歳を超えたこともあってそろそろ引き時と考えたそうだ。

イタリアの郷土料理を伝えた先駆者ともいえる店主は、その世界ではとても知られた料理人。いや、そのあたりの情報にとんと疎い私に、スローフード運動の紹介者で同業の友人、島村菜津さんが紹介してくれたのがきっかけで、かれこれ二十年近く通っただろうか。

人に紹介された店というのはなかなか常連客の顔をしづらく、いつもおそるおそる電話をかけて、空いていれば予約するという、われながら控えめな客だったと思う。

マッシュルームのカルパッチョも、穴子とズッキーニのフリットも、生まれて初めての味だった。渡り蟹のパスタやイワシとフィノッキのリングイーネが有名だったが、私のお気に入りは生ウニとトマトのフェトチーネ。仔牛骨付きカツレツミラノ風も香ばしくて、無限に食べられそうだった。

土曜の夜に家人とおじゃますることが多く、周囲もたいてい夫婦や家族連れだった。遅い時間になると店主が赤ワインをもってテーブルを回り、世間話をしながら一緒に飲むのが常だった。こうして書いているだけで胸がいっぱいになる。食べたり飲んだりしただけではない、そんな何気ないひとときがどんなにかけがえのない時間だったか、今はわかる。

先日、店の近くを歩いたら、ビルは予定通り解体されて更地になっていた。大切な店だけではなく、建物ごと何もなくなってしまい、半身を引きちぎられた気分だ。

せっかく緊急事態宣言が明けたのに、今はどこの店に行けばいいのかさっぱりわからなくなってしまった。常連客とは、どれほどぜいたくでありがたい身分だったか。

私の名店がなくなって、すべてのメニューが更新されない記憶となった。全国のあちこちで同じような別れがあり、たくさんの味が思い出に変わっただろう。コロナが落ち着けば元通りになるなんて、もはや願っても詮ないことなのだ。

ちゃんと伝えられなかったけれど、ありがとう、さよなら。

最相葉月（さいしょう・はづき）……1963年、東京生まれの神戸育ち。1997年『絶対音感』で小学館ノンフィクション大賞、2007年『星新一』で大佛次郎賞、講談社ノンフィクション賞などを受賞。ほか著書に『セラピスト』『証し 日本のキリスト者』『中井久夫 人と仕事』など多数ある。

知る人ぞ知る京都の名物料理

藤岡陽子

私は三人姉弟の中間子で、三歳上の姉と四歳下の弟がいる。だからなんだと言われそうだが、中間子というのはとても孤独なのである。

両親は初めての子である姉の成長に心を砕き、末っ子である弟を猫かわいがりする。つまり中間子の私は、両親から手をかけられることなく育ってきた。その結果どうなったかというと、隙あらばすぐに祖母の家に泊まりに行く「おばあちゃん子」になってしまったのだ。

祖母の家は京都市内にある二条城の近くで、自宅からだとバスを二本乗り継げば一時間で行ける場所にあった。だから小学生の頃は「いまから遊びに行くね」と電話をかければ、一本目のバスを降りる停留所まで祖母が迎えに来てくれた。中学生になるとひとりでバスの乗り換えができるようになったので、「おばあちゃん、来たよ！」と突然押しかけるようなこともあった。

祖母の家に行く目的はなにか……。もちろん、甘えたいからである。祖母がかまってくれるのが嬉しかったし、祖父が生きていた頃は二人そろって私を、まるで幼子のように大切に扱ってくれるのが心地好かった。

そしてなにより祖母の家に行くと、

「ほら、好きなん選びよし」

と夕食に出前を取ってくれるのだ。

出前を取る店はいつも同じで、その店の名は「キッチンゴン」という。昭和四十五年に洋食屋として創業した店で、配達をしてくれるのもありがたかったが、当時は深夜の二時まで営業をしているという、ちょっと珍しい店だった。創業したての頃はわずか三坪の店だったというから、出前が中心だったのかもしれない。

「私、ピネライス！」

出前で私が頼むのは、「ピネライス」と名づけられた、この店ならではの逸品だった。チャーハンの上にポークカツがのっていて、さらにカレーがかかっているというこの豪華なメニューを、私は他の店で見たことがない。チャーハンも、ポークカツも、カレーも、いずれも単品で十分勝負できる美味しさである。それらが一つの皿に集結したこの料理に、満足しない子供がいるだろうか。祖母の穏やかなまなざしに見守られながらピネライスを食べる時間は、まさに至福だった。

いつしか時は流れ、私は三十歳で結婚して京都を離れ、その翌年に祖母が他界した。祖母が暮らしていた二階建ての古家は借家だったので大家の下に返され、まもなく更地になった。古家がなくなった跡地を一度だけ見に行ったことがあるが、十坪ほどの小さな土地で、大きすぎる思い出とくらべ、胸が詰まった。

さらに時は流れ——。

ある年の夏、東京で暮らしていた私は、まだ幼い娘を連れて夫の実家に帰省していた。私と夫は同郷で、彼の実家は偶然にも祖母の家の跡地から歩いて十分の所にあった。

その夫の実家で、食卓を囲んでいる時だった。姑《しゅうとめ》が、夕食は出前にしようと言ってきたのだ。

「あんたらの好きなもん食べや」

姑はどこからか出前のメニューを持ってきて、私と娘の前にそっと置いた。驚いたのは、目の前に出されたメニューに、「キッチンゴン」という店名が印刷されていたからだ。祖母の家と夫の実家は近所なのだから、こんなことがあっても不思議ではない。でもその時の私は、あまりの喜びに手を合わせたいような気持ちになった。

その数年後、優しかった姑も鬼籍に入り、その後は夫の実家に帰省することも、キッチンゴンで出前を取ることもなくなった。いまや五十歳となった私は、自分を甘やかしてくれる場所は、時とともに確実に失われていくのだと実感している。

だが先日、このエッセイを書くためにキッチンゴンをネット検索してみると、店はいまも変わらず営業を続けていた。本店以外にもさらに店舗を増やし、ピネライスは知る人ぞ知る、京都の名物料理に成長していた。

私は取材をかねて店に足を運び、そこでもちろんピネライスを頼んだ。出前ではなく店内で食べるのは初めてで、チャーハンとポークカツとカレーを全部スプーンにのせて口に運ぶと、

――ほら、好きなん選びよし。

――あんたらの好きなもん食べや。

懐かしい声を思い出し、自分が若い娘だった頃に時間が巻き戻っていくような感じがした。

居心地の良い安全な場所で、自分を慈《いつく》しむ存在に守られながら美味しいものを食べる。

それはもう二度と戻ってこない時間ではあるけれど、昔と変わらない味は、

幸福だった頃の記憶を呼び覚ましてくれる。
名店とは、そういうものなのかもしれない。

藤岡陽子（ふじおか・ようこ）……1971年、京都府生まれ。報知新聞社を経て、タンザニア・ダルエスサラーム大学留学。著書に『手のひらの音符』『晴れたらいいね』『おしょりん』『金の角持つ子どもたち』など多数ある。現在、看護師としても勤務している。

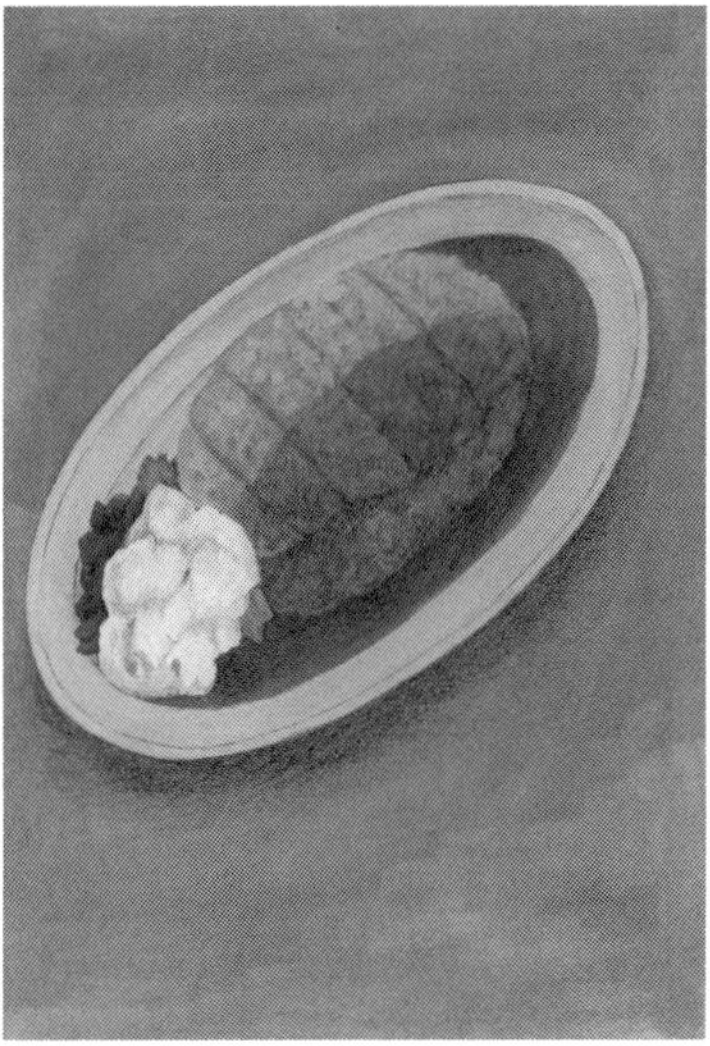

『キッチンゴン 西陣店』
京都府京都市上京区下立売通大宮西入浮田町613

夏の夜を味わう山上のレストラン

森見登美彦

　奈良にある両親の家からは大阪の県境にある生駒山《いこまやま》が見える。子どもの頃、夏休みの夜になると、山の上にはナイター営業の遊園地の明かりが見えた。その宝石のような煌《きら》めきに、なんとも心をそそられたものである。私にとって生駒山上遊園地は、近くて遠い「夢の国」だった。

　今でもケーブルカーに乗って生駒山上へ向かうときは胸がおどる。

　といっても、私ほど遊園地が活用できない人間もいないだろう。子どもの頃から、たいていの乗り物が怖くて乗れない。「サイクルモノレール」や「ぷかぷかパンダ」でさえヒヤヒヤしながら乗るのであって、「飛行塔」や

「チェーンタワー」なんかは外から眺めるだけで十分である。「飛行塔」の隣にあるゲームセンターの片隅で、駄菓子を空気銃で狙ったりしているほうが楽しいのである。

生駒山上へ出かけるときは、ビューレストランに必ず立ち寄る。

大学の食堂のような広々とした店内、食券の券売機、注文カウンターの上に掲げられたサンプル写真、調理場に響く学生アルバイトの声まで、何から何まで懐かしい趣きがある。三十年ぐらい時間が止まっているようなのだ。

掲げられているメニューにしても、きつねうどんやカレーライスやクリームソーダといった素朴なものである。

たとえば子どもの頃、夏休みのプールサイドで食べたフランクフルトとか、夜祭りの露店で食べた焼きそばとか、旅先の電車に揺られながら食べた駅弁とか、そういう平凡な食べ物が「妙においしかった」という記憶は誰にでもあるだろう。このレストランのメニューはすべてそういうものである。美食とは言えないが、妙においしい。それがいいのである。

広いテラス席からは大阪側の雄大な風景を眺めることができる。さえぎるものがまったくないので、よく晴れ渡った日であれば、神戸や淡路島《あわじしま》の方まで一望できる。眼下を埋めつくす大阪のビル群はともかくとして、地形は古代から変わっていないのだから、たとえば奈良時代にこうして生駒山にのぼった古代人も、このようにして大阪湾や淡路島を眺めたのにちがいない。

そんな雄大なことを考えながらクリームソーダを飲んでいると、想像力も大きく飛翔《ひしょう》するような気がしてくる。そういうわけで、一度ぐらい、平日の朝からこのビューレストランに陣取って、雄大な景色を眺めながら小説を書いてみたいと思っているのだが、さすがに実行はしていない。

このレストランが真価を発揮するのは夏のナイター営業のときだろう。

午後六時ぐらいからテラス席について、生ビールを飲みながら眺めていると、燃える太陽が沈んでいく。やがて群青《ぐんじょう》色に染まっていく空のもと、大阪の夜景が煌めきだす。山の上だから八月でも夕風《ゆうかぜ》が涼しい。そんな夕暮れのひとときを過ごす楽しさは格別で、どんなビアガーデンもかなうまいと思う。

日が暮れるまでビューレストランで楽しんだあとは、夜間照明のついた遊園地内をぶらぶら歩くといい。夜の遊園地というものは、普段よりもずっと妖《あや》しく魅力的に見えるものだ。まるで夜祭りの中を歩いているような……。そういうとき私は、子どもの頃に生駒山を見上げたときに目に映った、あの宝石のような煌めきを思いだす。自分は今、あの不思議な光の中にいるのだなと思うのである。

ここ数年、夏のナイター営業が始まると、両親や妻といっしょにビューレストランへ出かけていくのが恒例行事であった。部屋に籠もって書いたり読んだりしている私のような人間にとって、それは少年時代のような夏らしい夏を味わえる貴重な機会だった。昨年と今年はコロナ禍によってナイター営業が中止になってしまい、なんとも味気ない夏になった。「来年こそは」と思っている。

奈良には名所旧跡が山ほどあって、それらもたしかに奈良らしい。しかし東大寺《とうだいじ》や春日大社《かすがたいしゃ》だけが奈良ではない。生駒山上遊園地のような、いささか古風な愛すべき遊園地が、マイペースに営業を続けているというのも、奈良の奈良らしいところなのだ。時間の流れ方がよそとはちがうのである。奈良在住の人間として、個人的に気に入っている場所はいくつもあるが、生駒山上遊園地とビューレストランは、その中でもかなり上位に位置する。

ぜひとも末永く営業を続けてほしいと願っている。

森見登美彦（もりみ・とみひこ）………1979年、奈良県生まれ。2003年『太陽の塔』で日本ファンタジーノベル大賞を受賞しデビュー。07年『夜は短し歩けよ乙女』で山本周五郎賞、10年『ペンギン・ハイウェイ』で日本SF大賞を受賞。ほか著書に『恋文の技術』『有頂天家族』『夜行』『熱帯』『四畳半タイムマシンブルース』など多数ある。

『生駒山上遊園地
ビューレストラン』
奈良県生駒市菜畑2312-1
＊2022年からナイター営業を実施

各店の情報は、23年10月現在のものです。

初出　「asta*」２０２０年3月号〜9月号、２１年3月号、２１年秋号〜２３年春号

カバー・本文デザイン　bookwall
装画・本文イラスト　石津亜矢子
校正　株式会社鷗来堂

わたしの名店

おいしい一皿に会いにいく

三浦しをん、西加奈子ほか

2023年12月５日　第1刷発行
2023年12月25日　第2刷

発行者　千葉 均
発行所　株式会社ポプラ社
〒102-8519　東京都千代田区麹町4-2-6
ホームページ　www.poplar.co.jp
フォーマットデザイン　bookwall
組版・校正　株式会社鷗来堂
印刷・製本　中央精版印刷株式会社

N.D.C.914/191p/15cm　ISBN978-4-591-17992-5

P8101480